The Murders at Loon Lake

Kenneth Duane Whipple

論創海外ミステリ
Ronso Kaigai MYSTERY
162

ルーン・レイクの惨劇

ケネス・デュアン・ウィップル

熊木信太郎 ⊃ 訳

論創社

The Murders at Loon Lake
1933
by Kenneth Duane Whipple

目次

主要登場人物

クリフトン・ブレントウッド……………ボストンの企業弁護士
アベル（エイブ）・トレンチ　…………ポートランドの製紙業者
ウォーレン・クランフォード……………ニューヨークのタクシー会社役員
マックス・プレンダーギャスト…………美術品コレクター
エミリー・トレンチ………………………アベルの妻
ジュリー・トレンチ………………………アベルの養女
デイヴィッド・プレンダーギャスト……マックスの息子
エニッド・プレンダーギャスト…………マックスの継娘
ドーラ・ウエストニー……………………マックスの元妻
ジャスパー・コーリス……………………ウォーレンの秘書
エイザ・ウッド……………………………保安官
ジェイク・パーディ………………………商店主
ミニー・パーディー………………………ジェイクの娘
スティーヴ・ラムズデル…………………隣のコテージの住人
ケント………………………………………クリフトンの甥

ルーン・レイクの惨劇

第一章　死の訪問

ルーン・レイク！　これから先、私はその名を耳にするたびに身震いを禁じ得ないだろう。

悲劇に彩られたあの事件を忘れた人たちは、手つかずの孤独な美と、灰色の崖にエメラルド色のしぶきを上げるサファイアのような風景に惹きつけられ、今でも夏になると避暑に訪れている。好奇心に満ちた人間であればウエスト・マウンテンの山裾に広がる森林をかき分け、今や無惨にも焼け落ちた湖畔のコテージ跡にまで足を運ぶ。それらはかつて、〝ビッグ・デン《大きな隠れ家》〟、〝リトル・デン《小さな隠れ家》〟と呼ばれていた。しかし黒こげになった丸太が散らばるその場所は、もはや慈悲深い森林に飲み込まれようとしていた。

私はと言えば、あの呪われた場所を再び訪れようとは思わないし、またそうする必要もない。目を閉じると、運命を変えたあの八月の一週間と同じ湖の光景——暗い霧に覆われた、陰鬱そのものの光景——が今も脳裏に浮かぶ。死者を乗せて白波をかき分けるヴィクスン《雌ギツネ》号のエンジン音の轟き、霧の中に潜む人影と、窓ガラスに浮かんだ死人のような青白い顔、闇に包まれたマツ林を真紅に染めて燃え狂う炎の爆《は》ぜる音——それらは今なお記憶に鮮明だ。そして夢の中でさえも、血も凍るようなアビ《ルーン》（アビ目アビ科の鳥。また"loon"には〝狂人〟の意味もある）の鳴き声が耳にこだまする。

恐怖と懐疑が夜を徹してのさばる中、終局が迫るにつれて二つのデンを臆病者の巣窟に変えていった惨劇という名の饗宴をなぜ防げなかったと、クリフトン伯父は今も自分を責めている。しかし法と正義の力ができなかったことを、伯父は成し遂げたのだ。もし伯父がいなければ――。

いや、ルーン・レイクでの連続殺人をこのように語りだしてはいけない。まずは事件の経緯《いきさつ》から話そうと思う。

＊＊＊

遅ればせの休暇を楽しむべく伯父のクリフトン・ブレントウッドとともにルーン・レイク行きの列車に無事乗り込んだ私は、喜びを隠せないでいた。ここ一週間というもの、いつもは人のよい伯父が憂鬱と苛立ちの兆候を見せていたからである。そして今、新築ながら古めかしい雰囲気を残す北駅《ノース・ステーション》で、伯父は特別客車《プルマン》の窓際に身を硬くして座り、長い眉の下にある深く沈んだ青い瞳で薄暗いプラットホームをぼんやり眺めつつ、肉づきのよい長い指を所在なくこすり合わせていた。

いつにないクリフトン伯父の様子には、二つの理由があった。休暇が一週間遅れたのがその一つ。やり手の企業弁護士とはいえ行動の自由が常にあるわけではなく、ショーマット株式会社の重役連中と打ち合わせを重ねるうちに、ルーン・レイクで休暇を過ごそうと私に約束した期日が過ぎてしまったのだ。いつもの穏やかな気性が限界を迎えつつあったのも当然だろう。

しかしより重要な第二の理由は、一週間ほど前にルーン・レイクで悲劇的な死を迎えた〝四匹のキツネたち〟の一人、マックス・プレンダーギャストの存在だった。湖を横断していた時代遅れの外輪汽船、ガヴァナー・エンディコット号のボイラーが爆発し、穏やかな湖面に無数の残骸をまき散らして沈没するという事故があったのだが、多数の犠牲者の一人にプレンダーギャスト氏がいたのである。かの名高き四人組を襲った初めての悲劇に、クリフトン・ブレントウッドは人一倍打ちひしがれたのだった。

ここで〝四匹のキツネたち〟の名で知られる四人組の起源と来歴を説明しよう。その名前が付けられたのは今から二十年前、ダートマス大学の旧友四人――クリフトン・ブレントウッド、マックス・プレンダーギャスト、エイブことアベル・トレンチ、そしてウォーレン・クランフォード――がグループを結成した時に遡る。私は伯父の机の上に載っていた大判の写真を見たことがある。四人はいずれも洒落た先細のズボンを履き、高い詰め襟の服に身を包みつつ、不気味な風景の前で腕を組んで写っていた。

卒業からおよそ二十年、いくつもの変化が四人に訪れていた。ボストン在住のブレントウッドは企業弁護士として成功を収めている。トレンチ氏はメーン州ポートランドで製紙業を営み、クランフォード氏はニューヨークに本社を置くパープル・タクシーの役員となってこれも成功していた。ただ一人、プレンダーギャスト氏だけは、元々エキセントリックだった性格が昂じ、今やコレクターとして美術界とその周辺で名を挙げていた。

そうした変化にもかかわらず、〝四匹のキツネたち〟は毎年夏になると必ずルーン・レイクで顔を合わせていた。人目につかない湾の奥、ウエスト・マウンテンが背後に聳える場所に、四人が学生時代に建てた〝キツネの隠れ家〟なるコテージがあり、八月の一ヵ月間をそこで過ごしたのである。彼らは釣り、狩猟、水泳、ボートに興じつつ、自らコックと家政婦を務めることで、文明社会の制約から逃れていた。毎年隠れ家で行なわれるキツネたちの集いは、いつしか一種の儀式になっていった。

だからこそ、わずか一週間遅れただけで伯父がかくも苛立ったことは、私にもよく理解できたのである。

最初のころ、隠れ家はさほど大きくなく、四人入るのが精一杯だったという。その後、四人が裕福になるにつれて隠れ家も大きくなり、さらにもう一軒のコテージ（〝ビッグ・デン〟に対して〝リトル・デン〟）が建つに及んで、他の客も毎年夏の休暇に招かれるようになった。今年も四人の他にトレンチの妻と養女、プレンダーギャスト氏の継娘と息子、クランフォード氏の秘書、そして私の計十名がルーン・レイクを訪れることになっていた。

走りだす振動が座席に伝わってきた。列車が薄暗いホームから離れると、ほんの少し霞がかっているものの、晴れた真昼の空が頭上に広がった。伯父はようやく両手を落ち着かせ、ほっとしたようにため息を一つついた。

「ようやく出発だな、ケント」と、よく響く楽しげな声で言った。「このままボストンに釘付けじゃないかと思ったよ」

「この一週間、働きづめでしたからね」私も頷いた。「湖まではどれくらいかかるんでしたっけ？」

「ノース・パイクまで五時間だ。ボストンからだとそこが最寄り駅だな。ニューヨークからであればオルバニーを通って、対岸にあるルーン・ハーバーで降りることになる。郵便局もそこにあるんだが、手紙の転送は手配済みかね？」

「ええ、クリフ伯父さん」私は答えた。「ところで、コテージにはどう行くんです？　汽船が出ているんですか？」

クリフトン伯父の表情が曇った。

「ガヴァナー・エンディコット号の事故以来、汽船は出ていない」暗い口調で答える。「ボートが迎えに来ることになっている。お前は初めてだったな、ケント？」

　私は頷いた。

「休暇にはもってこいの静かな場所だ」伯父は続けた。「お前たち若者には静かすぎるかもしれんな。ルーン・ハーバーにはダンスホールや映画館もあるんだが、さほど賑わっているわけじゃない。退屈するようなら、無理して長居することはないからな」

　それに返事をしなかったのは、考え事にふけっていたからである。私は伯父に数多くの義理があって、今回の小旅行もその一つだった。

　私がジョージ・ワシントン大学を卒業する直前、父は飛行機事故で死んだ。しかし伯父の援助のおかげで、ハーバード・ロースクールに進むことができた。その年の六月、伯父は私をオフィスに招き、夏休みのあいだ自分の下で働いてはどうかと言った。給料があまりに高額だったので最初は遠慮したけれど、結局押し切られた。働いたのは六週間に過ぎなかったものの、ハーバードで一年かけて学習するより多くのことを吸収したのは間違いなかった。

　赤ら顔で眉が濃く、鋼鉄を思わせる銀髪のクリフトン・ブレントウッドは、四十代という若さにもかかわらず、ニューイングランドの法曹界における有力人物として尊敬される存在だった。そうした人間を伯父に持ち、私は誇りを感じていた。

　今や市街地を離れた列車はスピードを上げ、人家の少ない郊外をひた走っている。伯父は両手をポケットに入れ、何やら指を動かした。ポケットから手を出したとき、そこにはキャンディーミントが握られていた。

「一つどうだ、ケント？」

私は内心笑みを浮かべてキャンディーミントを受け取った。こうしたものを好んで口にするというクリフトン・ブレントウッドの昔からの習慣は、愛煙家や薬物中毒者と同じ性癖だと、友人たちは噂していた。

伯父はもう一つポケットから取り出し、口の中に放り込んだ。そして満足げなため息をつきつつ包み紙をポケットにしまい、ミントの香りをしばらく楽しんでいた。

だがキャンディーを完全に溶かして話しだした伯父の青い瞳は、悲しげに曇っていた。

「マックス……もう会えないのか……エニッドとデイヴィッドが気の毒でならん」

「子どもたちですか？」

「そうだ。エニッドは継娘だがね。いや、おそらく大丈夫だ。似たところの少ない親子だったんだよ。それに、あいつは離婚するとき、家族全員に財産を譲ったからな」

「どんな人だったんです？」私は好奇心にかられて訊いた。「伯父さんから名前を聞いて、会えるのを楽しみにしていたんですよ」

伯父は青い瞳をぼんやり遠くに向けつつ、しばらく無言だった。

「妙な奴だったよ」と、ようやく口を開く。「学生時代からそうなんだが、卒業後はますますひどくなった。背が高く色白で、つやのある黄色い口髭、そして青白い瞳と真っ白な両手——典型的な芸術家タイプさ。ところがダートマス大学を卒業した途端、巨額の遺産が転がり込んできた。最初は美術品をコツコツ集めていたのに、大金が入ったせいでコレクションにのめり込んだ。まずは肖像画、次に自筆原稿、そして絵画。去年だったか、そのために初版本のコレクションを売り払ったんだよ。生きていれば、今ごろはどうなっていたことか……」

「一財産失っていたかもしれませんね」私は言った。

「一度に五十万ドル使ったくらいだからな」伯父も認めた。「だが、しばらくすると飽きが来て、コレクションを売り払ってしまう——たいてい利益は出ていたがね。変わった人間だが、金が関係する限り馬鹿ではない。それに、あれほど気のいい人間はいなかったよ。デイヴィッドもその点は父親と似ている。私もデイヴィッドのことは昔から気にかけていたんだ——まあ、エニッドについても同じだがな」

「爆発事故について、もっと詳しいことをご存知ですか?」一瞬間を置いてから、私は訊いた。

しかし伯父は首をゆっくり振った。

「ありきたりな事故さ。あんな田舎の湖じゃ、安全検査もおざなりにしか行なわれない。沈まずに航行さえできれば、営業許可は下りるんだ。マックスはデンの準備を整えるため、他の連中より一日早くルーン・レイクに来ていた。たった二十四時間の差で——」

伯父はそこで言葉を切り、両手をしきりにこすり合わせながら窓外の風景に目を向けた。その平静な外見の下には他者に対する友誼の厚さと、それに劣らぬほど強烈な好悪の情が潜んでいる。マックス・プレンダーギャストの死が事故によるものでなければ、その命を奪ったルーン・レイクなどより望ましい避暑地を、私はいくつも頭に思い浮かべることができただろう。

私も無言のまま、過ぎ去りゆく景色を興味深く眺めた。ワシントンに生まれ育った私は、過去一年間マサチューセッツ州で暮らしていたにもかかわらず、ボストンより北には行ったことがないのである。緩やかにうねるマサチューセッツの地形が、わずか数マイルで起伏の激しいニューイングランド北部の荒涼たる田園地帯へと姿を変える中、私は驚嘆に似た感情を抱きつつ、眼前の目新しい風景にいつしか没頭していった。

ヴァージニア州とメリーランド州にもカンバーランド、アレゲニー、ブルーリッジといった山々があって、車を使えばワシントンからでも気軽に行くことができる。しかしその中のどれ一つとして、これから訪れる場所の荒涼たる雄大さ、なだらかにうねる森林、花崗岩の孤峰、そして緑に覆われた渓谷の溌剌とした美は見られない。

光り輝く日光と晴れた青空の下、私たちは正午少し前にボストンを発った。しかし数時間かけてこの大都会から離れるにつれ、薄く陰気な灰色の雲が徐々に空を覆いだした。低く垂れ込める雲の欠片は経帷子のように山の頂を横切り、時おり霧のようなものが渓谷を包んでいた。

「もうすぐだ、ケント」陰気な空と鉛色の風景を悲しげに眺めながら、伯父が口を開いた。「ルーン・レイクは近くの悪天候を招き寄せるんだよ。到着までに雨が降りだしても不思議じゃないね」

伯父の不吉な予言は当たらずとも遠からじだった。モミの原始林が形作る薄暗いトンネルを抜け出ると、聳え立つ峰々の間を水蒸気の帯が細長く伸びており、その頂は霞に隠れて見えなかった。

「ほら、あれだ！」伯父が声を上げる。

カーブを曲がり終えた列車は再び森に入り、過ぎ去ってゆく木々の緑が視界を遮った。そして森を出ると、暗くくすんだルーン・レイクの陰鬱な湖面が目に飛び込んできた。水面を覆う霧が厚く、向こう岸はまったく見えない。

私の失望を感じた伯父は、申し訳なさそうな視線を向けた。

「いつもはこうじゃないんだ。晴れた日まで待てばいいさ！」

湖の幅は一マイルにも満たなかったが、北の方角へ果てしなく広がっているかに見えた。それからおよそ十分後、湖に沿って走っていた列車が急に減速した。少し先では岸辺が湖に突き出ていて、カーブに差しかかると波止場の周りに散らばる建物がぼんやりと見えた。

伯父はコートに手を伸ばした。

「降りるぞ、ノース・パイクだ！」そう私に告げる伯父の顔は、打って変わって少年のように輝いていた。

「デンはどこです？」列車が徐々に減速する中、帽子を目深に被りながら訊いた。

「湖の向こう岸だよ。霧と雲で見えないけれど、背後にウエスト・マウンテンがある」

「誰かが迎えに来るんですよね？」

伯父は私の腕に触れた。

「あれだ！」と、指差しながら声を上げる。

眼下の湖岸に広がる霧の中から一艘のボートが姿を見せた。舳先から泡のような白波が立っている。船体は細く平たい形をしており、黒く塗られた舷側が霞の中で輝いていた。線路と平行に走るランチの船尾は、オイルのような黒い湖水をナイフの如く切り裂いた。

「あれがヴィクスン号だ」伯父が教えてくれる。

短いロープの先にはサーフボードが結ばれ、泡立つ航跡を引きながら湖面を軽快に進んでいる。その上には細身の人間が平然とした顔で乗っていて、魔術を思わせるほど見事にバランスを保っていた。

「操縦しているのがウォーレン・クランフォードだよ」と伯父は言い、操舵席の人影に目を向けた。

「サーフボードに乗っているのは誰です？」

「デイヴィッドだろう。ジャスパーには無理な芸当だ」

列車が身を震わせながら停まったとき、ヴィクスン号はまだ波止場に着いていなかった。伯父はポーターがいるはずの腰掛けを軽蔑するように見下ろしつつ、客車のステップを飛び降りて、プラットホームから波止場へとつながる緩い下り坂を駆けていった。

「ウォーレン！」と、興奮も露わに叫ぶ。「おい、ウォーレン！」

私も伯父の勢いにつられ、近づいてくるボートを見ながら後を追った。船から叫び返してくることはなかったけれど、それは当然かもしれない。ヴィクスン号のエンジンはバックファイアを盛大に繰り返しており、断続的な「バン！　バン！」という音がエンジンの轟きを打ち破っていたからだ。

岸辺から少し離れた湖面には薄い霧が垂れ込めている。波止場に近づいたそのとき、サーフボードに乗った人間が急に身体を直立させ、脇に倒れ込んだかと思うと、酒に酔ったかのように暗い湖面へと吸い込まれる様子が、霧を通じて目に飛び込んだ。バランスを失ったどころでないことは、離れていても明らかだった。

「何があったんでしょう？」私の声は上ずっていた。

しかし伯父は何も答えず、ひたすらヴィクスン号を見つめている。それはスピードを落とすことなく波止場へ迫っており、巧みに操船しなければ衝突は避けられない距離に近づいていた。

「おい、ウォーレン！」伯父が声を限りに叫ぶ。「気をつけろ！」

しかし操舵席の人物は身を屈めたまま動かない。

「酔っているか、気が狂ったかに違いない！」伯父は呟いた。

「止まれ！」私は大声を上げた。

「向きを変えるんだ！」伯父も声を振り絞る。

だが、今やはっきり姿を見せていたヴィクスン号の船長は、そのいずれもしなかった。エンジンをフル回転させて矢のようにスピードを上げつつ、ボートは一直線に波止場へと向かっている。

伯父の絶叫が、麻痺状態に陥っていた私を正気に戻した。

「逃げろ、ケント！」

私たち二人は脇の安全な場所へと飛び込んだ。まさに間一髪。先の尖った船首が波止場に激突し、ナイフでバターを切るように腐りかけた板を切り裂いてゆく。そして下の岩場にぶつかった船体は上下左右に傾き、大きく跳ね上がってから押し戻され、水しぶきとともに湖面へと叩きつけられた。舷側に開いた穴から水が入り込み、泡立つ湖へと船体が急速に飲み込まれる。伯父は波止場から湖に飛び込むと、沈みゆく船から船長を救い出し、胸の高さほどの水面をのたうつように戻ってきた。

私は無傷で残った波止場の縁に跪き、意識を失っているその人物を伯父とともに引き上げた。背が低くがっしりしており、フラノ地のシャツとカーキのニッカズボンに身を包んでいる。

「クランフォードさんですか？」と、私は息を切らせながら訊いた。

伯父は返事をしなかった。全身から水を滴らせ、びしょ濡れの肩を震わせながら、凍える手を激しくこすり合わせるだけである。

「ウォーレン！　ウォーレン！」と、伯父が呼びかける。「大丈夫か、ウォーレン！」

私も手を貸そうと膝をついたが、その瞬間、思わず卒倒しかけた。

クランフォード氏は全身水に浸かっていて、シャツが肌に張りついている。しかし胸のあたりに水ではないしみが大きく広がりつつあったのだ。

私は伯父の肩を摑んだ。

「これを！」

伯父は一瞬身体をこわばらせ、まさかというように真紅のしみをじっと見つめた。

「波止場に激突したんだろう」と、青ざめた唇の間から声を漏らす。「心臓を直撃したんだ――それで気絶し、おそらく――」

伯父は震える指でシャツのボタンを外そうとしたがうまくいかず、辛抱しきれずに襟を摑み、上半身を剝き出しにする。そこには醜い傷が口を開けていて、血がゆっくりと溢れ出ていた。

伯父がハンカチを探す間、波止場の残骸が直撃したという説に私も同意しかけていた。しかし、赤黒いしみを慎重に拭い去ってゆくと、傷の正体が明らかになった。

左の乳首の真下あたり、毛深い胸に小さな穴が一つ開いている――はっきりと円形に穿たれたそれは、紛れもなく銃弾の痕だ！

我が伯父クリフトン・ブレントウッドは顔を青白くさせつつ、ウォーレン・クランフォード氏の心臓にゆっくりと頭をつけた。伯父の銀髪を赤く染めた血の滴りを、今も私は憶えている。顔を上げた伯父は虚ろな目で私を見上げ、血の気を失った唇から途切れ途切れに言葉を発した。

「酔ってなんかいない――これっぽっちも――ケント！　死んでいたんだ――波止場に激突する前に！」

第二章　姿を消した人々

そのとき伯父も私も、サーフボードから落ちた人間のことをすっかり忘れていた。しかし喘ぐような声が耳に入ったので、私たちは飛び上がってそちらを振り向いた。

するると、波止場の縁を必死に摑む筋肉質の両手が見えた。その指は滑りやすい板にしがみついている。奇妙な幻覚のせいで、一瞬それらがバラバラになった身体の一部のように映り、霞を背景に波止場の上でのたうち回っているかに思われた。

突然、それらの間から青白い顔が現われた――表情は苦痛に歪み、両目だけがギラギラと輝いている。

「手を貸して――」と、息を切らせた声が聞こえる。青白い顔に浮かんだ絶望とは不気味なまでに対照的な、冷静そのものの声だ。「頼む――手を貸してくれ――何がなんだか――まるでわからない！」

左肩を摑んでやると、身体をびくっとさせた気がした。伯父と一緒に小さな桟橋の残った部分に引き上げ、クランフォード氏の隣に横たえる。ほんのしばらく、この人物は水揚げされた魚のように喘いでいた。

引き上げられた男はベルトつきの黒い半ズボンをはき、白いシャツをまとっていた。陽に焼けた腕と脚は、静かに横たわっていても並外れた筋力があることを物語っている。金髪は大きく波打ち、カールに近い。私は本能的に、この人物こそがデイヴィッド・プレンダーギャストであると感じ取った。私たちが見下ろしていると、男は両目を瞬かせて起き上がり、脇に横たわっている人物を困惑も露わにじっと見つめた。

「何が――起きたんです？」と、男は喘いだ。「この人はどうなったんです――？」

伯父が深刻な顔で頷くと男は骨を抜かれたようになり、身体を小さく震わせながら伯父のほうに倒れ込んだ。そのとき初めて、左腕に広がる真紅の染みと、指先に溢れる血に気づいた。

最初、現実とは思えない悪夢に囚われていた私は、デイヴィッドも標的だったのではないかと思った。しかし伯父が震えの止まった指で血を拭ってやると、その傷は擦りむいた程度に過ぎなかった。弾丸は身体をかすめ、二の腕の皮膚を傷つけただけだった。浅い傷とはいえひどい出血だけど、すぐに止まるのは間違いない。

そのころになると、ノース・パイクの集落に住む十名ほどが現場にやって来て、口をあんぐり開けながら、波止場の残骸のまわりに散らばっていた。伯父はデイヴィッドの腕に包帯を巻いていたが、野次馬の存在に気づくと鋭い目でそちらを見上げた。

「医者を呼んでくれ！」命令するような早口だ。「医者を呼んで、警察に知らせるんだ！」

「誰を呼べって？」と、野次馬の一人がぼんやりした声で聞き返す。

「警察だ！」

つなぎを着ただらしない身なりのその男は、歯のない口をニヤリと歪めた。

「ここには警察も医者もおらんよ。ノース・パイクまで行ってウッド保安官を呼んでくるか？　それより、こいつはクランフォードだろう――あのコテージの持ち主じゃないか？」

「ああ、クランフォードだ」伯父の口調はぞんざいだった。「知ってるのか?」

つなぎの男は意地悪そうにクックックッと笑った。

「知ってるのかって? ああ、知ってるとも――どんな人間かもな。こいつは――」

その先は黒い髪をした少女の細長い指によって妨げられた。年の頃は十七歳くらい、男の脇に立ってその口を手で塞いでいる。

「黙ってて、パパ!」甲高い声だ。「見てわからない? 死んでるのよ? 急いで呼んできて!」

〝パパ〟はほんの少し不安げな表情を浮かべると、道路の向こう側にある小さな店へあたふたと走っていった。その後ろ姿を見つめている少女を、私は奇妙な目で眺めた。くっきりした顔立ちと挑むような黒い瞳には、田舎娘らしい美しさがあった。

「あの人、ジェイク・パーディだろう?」伯父が尋ねる。「君は誰だっけ?」

「わたし、ミニー・パーディです、ブレントウッドさん」少女は答えた。「憶えてません?」

伯父は青い目をすがめた。

「いや」と、考えるように返事をする。「そうか――思い出した」

突然、伯父はデイヴィッドのほうを向いた。相手は両目を見開き、驚きも新たに伯父を見つめている。

「気分はどうだ?」

デイヴィッドは一瞬たじろぎ、包帯を巻かれた左腕を膝の上に置いた。

「ずいぶんよくなりました」と、おどおどした声で答える。「いったい――何があったんです?」

「それを訊こうとしていたんだよ。君がサーフボードから湖面に落ちるのを――」

そのとき、土手のほうからしわがれた声が聞こえた。見上げると、ジェイク・パーディがさっきと同じくあたふたと駆け戻ってくる。

「保安官には連絡がついたよ、ブレントウッドの旦那。オートバイで来るそうだ」

「到着するまで待ったほうがいいな」伯父は言った。「パイクはここからたった五マイルだ。具合はどうかね、デイヴィッド？」

その問いかけに相手は青白い唇を歪め、かすかに笑みを浮かべた。

「スコッチはありませんか？」と、囁くように尋ねる。「まだ目まいが止まりませんよ」

伯父は何やら考えているようだ。

「今は持っていない」と、ややあって答える。「なんとか手に入れてみよう」

そう言って、波止場の端に立つジェイク・パーディのほうを向いた。

「きみの店に酒はあるかい、パーディ？」

その言葉がもたらした効果は驚くべきものだった。ジェイクは骨張った手を握り締め、髭だらけの顔をどす黒くさせた。

「いいや、そんなものありゃせんよ！」と、怒鳴り声を上げる。「あったとしても、あんたらになんかくれてやるものか——たとえ死にかけていてもな。あれ以来——」

ミニーがその腕を摑んだ。するとジェイクは死体に視線を向けつつ、その先を飲み込んだ。そして不意に振り返るとぎこちない足どりで土手を登り、道路へと下りていった。

娘は黒い瞳になんの感情も浮かべず、伯父に近づいた。

「パパは去年の夏のことを忘れていないんです」その声は低かった。「ちょっと待っててください。

パパの姿が見えなくなったら、こっそりお酒を持ってきますから」

娘はその約束を守り、茶色い液体の入った平らな携帯瓶《フラスコ》を持って戻ってきた。生《き》の密造酒には違いないけれど効き目は抜群で、一口飲むだけで爪先まで燃え上がるようだ。唇を青くさせながら震えていたデイヴィッドも、飲んだ後は血の気が戻ったようだった。

「あの爺さん、どうしてあんなに突っかかるんでしょう？」と、デイヴィッドが不思議そうに尋ねる。

その問いに、伯父は珍しく眉間に皺を寄せた。

「去年の夏に何があったか、父親から聞いていないのか？　まあ長い話になる。どうやらウォーレンは――」

そのとき、バルブをカタカタと打ち鳴らすエンジン音も高らかに、オートバイが商店の角を曲がって線路脇で急停止した。あれがウッド保安官だろう。バイクからずいぶん飛ばしてきたらしい。

保安官は排気ガスを上げ続けるオートバイから身を翻すように降り、バイクをスタンドで斜めに立たせてから、斜面を大股で下って私たちのほうへやって来た。年齢は三十代、スポーツ選手のような体つきの長身で、灰色の目と砂色の髪、そしてそばかすだらけの顔が印象的だ。右脚を引きずるように歩いているが、後で聞いたところによると、連合国遠征軍の一兵員としてフランスで従軍中、任務で公文書を運んでいたところ、砲弾によってできた穴に頭から転落してそうなったという。

かくもハードボイルドなタイプの人間を、私は見たことがなかった。頭を軽く下げるだけで、その場の打ち沈んだ静寂をものの見事に打ち破ったほどだ。

「ここかね」と、保安官は物憂げに言った。「誰だ、死んだのは――死体はどこにある？」

伯父は怒りで顔を引きつらせつつ、何も言わずに遺体を指差した。

ウッド保安官は脚を引きずってそちらへ近づき、無表情のままクランフォード氏の遺体をやぶにらみの目で見下ろした。そしてその場に跪き、より詳細に調べてゆく。最後にそばかすだらけの両手を肩に置いて遺体をゆっくり横向け、いまだ出血し続けている剝き出しの胸をじっと見つめた。

「こんなにずぶ濡れじゃ」保安官はぶっきらぼうに言った。「まるでニシンの死に様だな。いったい何があったんだ?」

「彼はウォーレン・クランフォードだ、保安官」伯父は非難するような冷たい口調で答えた。「住まいはニューヨーク――知ってるだろう、パープル・タクシーという会社を。そこの副社長だ」

ウッド保安官は先の尖った鼻を搔きながら、表情一つ変えなかった。

「そんなことはどうでもいい」呑気そのものの口ぶりだ。「何があった?」

「こっちが知りたいよ」伯父は苛立ちも露わに言い返した。

保安官は立ち上がると、こちらに灰色の瞳を向けた。やぶにらみだと思ったのは、実は不自然なほど眼光が鋭いせいだった。

「わかった、結構! それじゃあ知ってることを話してくれ」

「それでは――」伯父は口を開きかけた。

「ちょっと待った」

保安官はちらりと振り向き、波止場を囲む野次馬の群れに目をやった。

「さあ、ここを離れるんだ」と、落ち着いた声で命じる。「訊きたいことがあれば後で知らせる」

驚いたことに、群衆――そう呼べるものだったとして――は文句一つ言わずそれに従った。ウッド保安官はこちらに視線を戻し、射抜くような瞳で私たちをにらみつけた。

「それじゃあ聞こうか」

「話してやれ、デイヴィッド」と、伯父が促す。

デイヴィッド・プレンダーギャストは濡れた髪に指を走らせると、霞がかった岸沿いに立ち並ぶモミの木を見て、心ここにあらずといった感じで顔をしかめた。顔色は元に戻っていたけれど両目はいまだ虚ろで、焦点を取り戻せないでいるかのようだった。

「知ってることはみんなお話ししますよ。そんなに多くはありませんからね。クランフォードさんと私は三時ごろに隠れ家を後にして、ヴィクスン号でルーン・ハーバーに向かったんです。クランフォードさんは手紙を何通か持っていました。ところが水路のあたりで霧が濃くなって、スピードを落とさざるを得ませんでした。

僕はサーフボードをヴィクスン号に載せていました——キャンプの人たちはみんな知ってますが、ここに来てからずっと熱中していたんです。で、水路を抜けたところでそれを下ろしたんですよ。波が荒いからやめとけとクランフォードさんに言われたんですが、それでもいいと答えました。確かに大きく揺れましたね——汽笛が聞こえてスピードを上げたときは特にそうでした。あなたもご覧になりましたか?」

伯父がぼんやりと頷いたので、デイヴィッドは先を続けた。

「波止場まで残り五十ヤードを切ったころでしょうか、突然腕に刺すような痛みを感じました。そして痛みとショックでバランスを失い、頭から湖に突っ込んだんです。水面から首を出すと、ヴィクスン号はそのまま波止場めがけて進んでいて、衝突するときにあなたがた二人が飛び退くのも見えました。

そのとき初めて何かあったに違いないと気づいて、岸のほうに泳ぎだしました。腕がひどく痛み始め、気絶しそうになったのはそのころです。腕を見てみると――」

そこでデイヴィッドは言葉を切り、負傷した左腕をより楽な形にした。

「血が流れていたんです。パニックに陥るところでしたよ。どのくらい傷がひどいのか、見当もつきませんでしたから。それから、落ちた衝撃で水を大量に飲んでしまったことに気づきました。なんとか吐き出して岸に辿り着いたころには、もう体力の限界でした。それをこの二人が助けてくれて――あとはご存じでしょう」

「銃声は聞こえなかったのか？」伯父が尋ねる。

デイヴィッドは首を横に振ると、褐色の頬に跡を残して流れ落ちる水滴を拭った。

「いいえ、残念ながら。きっとバックファイアの音に打ち消されたんです。混合器かディストリビューターが故障していて、今週はずっと不調だったんですよ」

「閃光や煙は見たか？」伯父はなおも問い詰める。

「いいえ」

「銃弾がどちらの方向から飛んできたか、心当たりは？」

デイヴィッドは一瞬考え込んだ。

「い、いいえ」と、躊躇いがちに答える。「あ、ちょっと待ってくださいよ。銃弾のせいで身体が左に回転したんです――つまり、後ろ向きに。ということは、ごく近くの前方から発射されたに違いありません」

私たちは無意識のうちにルーン・レイクの湖岸を見下ろした。それは霧に包まれてぼんやりとしか見えず、なお一層不気味さを醸し出している。岸辺にはモミの木が密に立ち並んでいて、射撃手を少なくとも十人は隠せそうだった。

「流れ弾だろうな」と、ウッド保安官が初めて沈黙を破った。「ここらの森はハンターで一杯なのさ」

「流れ弾のような感じはしませんでしたよ」デイヴィッドが顔をしかめて反論する。

伯父もきっぱりと首を横に振った。

「一発なら有り得るだろうが、流れ弾が二発も飛んでくるなど考えられん。そんな偶然は信じがたいな。ウォーレンの死はれっきとした殺人に違いない。君をかすめた銃弾だが――」

伯父はそこでいったん言葉を切り、無意識のうちにポケットのキャンディーミントへと指を伸ばした。甘い唾液が口の中を潤して初めて、伯父の引き締まった表情が弛んだ。

「ウォーレンがここで敵を作ったとは考えられないか？」

デイヴィッドは考え込んでいる様子だ。

「もちろん、あのパーディーがいます」と、ようやく答える。「しかし、こんな日中に人を殺すなんて、あいつもそんな馬鹿ではないでしょう」

「他には？」

「思いつきませんね」

「きみ自身はどうだろう？　命を狙おうとする人物に心当たりは？」

若きプレンダーギャストは、無邪気な笑顔をさっと浮かべた。

「誰かに嫌われるほど、ここに長くいるわけじゃありませんから」

ウッド保安官は最初にひと言発したきり黙り込み、すり減った黒い靴を考え深げに見つめていたが、そのときゆっくりと顔を上げた。

「では、こういうことか」相変わらずのんびりした口調だ。「誰かがお前たちめがけて銃弾を二発、あるいはそれ以上撃ち込んだ。うち一発はこいつの命を奪い、もう一発はお前の腕をかすめた。ともかく、そういう話だ」

保安官はそう言って立ち上がり、岸辺に目を向けて発射地点と思しき場所を推測した。

「あんたら二人は何を見た？」と、私たちのほうを向いて尋ねる。「こいつの話と違うところは？」

伯父は自分たちの到着と、ヴィクスン号の様子を手短に語った。保安官は鼻の脇をせっせと掻きながら、それに耳を傾けた。

「銃弾の音は聞こえたか？」

私たちは再びバックファイアの件を話した。

「銃声は湖の向こう側から聞こえたんじゃないか？」

ここで告白しておくが、私たち三人はその言葉にぎょっとなった。デイヴィッドは特にそれがひどかった。伯父は歯並びのいい口でキャンディーミントの残りを噛み砕き、無言のまま保安官を一瞬睨みつけた。

「いったい何を言いたいんだ？」と、ようやく問い詰める。

「ノース・パイクへ入る前に撃たれたんじゃないかと、考えているんだ。おそらく別のボートからな。こいつが撃たれたところを見たかね、若いの？」

デイヴィッドはゆっくり首を振った。

「いいえ。見ていません」

「撃たれたのはお前より先か、それとも後だったか？」

「さあ、わかりません」

「さっきの話と違って、ここから半マイル離れた場所で撃たれた可能性は？」

デイヴィッドははっきりと疑わしげな表情を浮かべた。

「それはないと思います」と、異議を唱える。「即死なら――つまり、スロットルを閉じたりハンドルを回したりする間もなく死に至ったのであれば、それも有り得るでしょう。だけど、僕には突飛な考えに思えますね」

ウッド保安官は波止場の縁から水に濡れた木片をもぎり取り、くたびれたジャックナイフを取り出して所在なげに削りだした。

「それじゃあ次に」と、語尾を引き延ばして続ける。「途中で舳先を横切ったボートはあったか？」

デイヴィッドはしばらく無言だった。その整った顔は考えに集中していることを示している。ようやく口を開いたとき、その声には熱意以上の何かが込められていた。

「そう言えば、確かに湾――つまり私たちのコテージがある湾ですが――の出口近くで一艘のボートとすれ違いました。ただ霧のせいではっきりとは見えませんでしたが」

「知っている人間だったか？」

「さあ。霧が濃かったもので」

「キャンプには何艘のボートがある？」

その質問にデイヴィッドは目を見開いた。

「これ以外にあと二艘あります」

「出発するとき、両方ともそこにあったか？」

「ええ」

そこで伯父が眉をひそめつつ割って入った。

「つまり君は」と、抑揚のない声で問いかける。「ウォーレン・クランフォードはデンの誰かに撃たれたとでも言いたいのか？」

ウッド保安官はパチリと音をさせてナイフを閉じた。

「私は何もほのめかしてなどいないよ」冷静そのものの口調だが、声がますます鼻にかかっている。

「ただ状況を掴もうとしているだけだ。さて、あんたたち二人は——」

そのとき、街道のほうから呼びかける声が聞こえ、私たちははっとしてそちらを向いた。医師の車がいつの間にか到着していたのだ。黒いカバンを抱えて慎重に土手を下りてくる——神経質そうな小太りの男で、眼鏡と口髭が特徴的だ。その医師はヘンリー・ウェルドンといった。

「ラッキーだったよ——いや、実にラッキーだ」デイヴィッドの傷を診て丁寧に包帯を巻いた後、ウェルドン医師はそう言った。「ほんのわずかの差で筋肉を逸れている——表皮を傷つけただけだ。二、三日痛みは残るだろうが、浅い傷——ごく浅い傷だから心配ない。腕は好きに動かしてかまわない——ただし痛みがひどくなったらやめること。あと、明日か明後日にも包帯を巻き直すように」

その後も何やら呟きながら、医師はカバンを閉じて立ち上がり、脇の遺体を興味深げに眺めた。

「他に何かあるか、エイザ？」と、保安官に尋ねる。「急がねばならんのだ。他に呼び出しがあってな。バッジャーの家で出産があるんだよ」

「ああ、あるよ」エイザ・ウッド保安官は答えた。「監察医——あんたもご存知のジェンキンス医師

――に電話してくれないか。ここに来てもらいたいと。それと救急車が必要だから、ローウェルにも連絡願いたい。それから保安官代理のビーンを呼び出して、私の車ですぐに駆けつけるよう言ってほしい。そうしたら私もここを離れずに済む」

小太りの医者は軽く頷き、そそくさとその場を離れて土手を上った。ウッド保安官は口の端を歪めつつ、その後ろ姿を見送っていた。

「ヘンリーは口数ばかり多い人間でね。しかし悪い奴じゃない――それに医師としても優秀だ。お前の腕がこれ以上ひどくなることはないだろう。さて、あんたがた二人はボートに乗ってキャンプ地に行ってもかまわんよ。私はここですることがある。死体はどこに埋めるつもりだ？」

保安官の無神経さに、伯父は再び眉をひそめた。

「遺体はニューヨークへ運ぶことになるだろう。デンに着き次第、秘書のジャスパー・コーリスに伝えておく。君も同行しないのか？」

そばかすだらけの保安官は首を振った。

「後で行くよ。あんたがたは知らんだろうが、ジェイク・パーディーはこのあたりで一番優秀なライフルの射撃手なんだ。あれこれ突き合わせて推測すれば、正しい結論に辿り着ける――時々はな。まずはジェイクの周辺を嗅ぎまわるつもりだ」

道路を横切る保安官の姿を、伯父はじっと見つめていた。その顔には怒りと驚嘆がない交ぜになって浮かんでいる。

「まったく、ハードボイルド気取りもいいところだ！　初めて見る顔だが、ピーボディー保安官の後任に違いない」

そして視線をクランフォード氏の遺体に落とすと、不意に表情を曇らせた。

「ここで待っててくれないか、ケント?」と、私に告げる。「ボートを借りてくるから。これ以上ここにいても仕方ない。それに他の連中もそろそろ心配しているはずだ」

私たちはただ一艘空いていた船外機つきのボートに乗り、ルーン・レイクをゆっくりと横断した。その日の陰鬱な午後の景色は、今後決して忘れることはあるまい。霧は相変わらず低く垂れ込め、両側に絶壁がそそり立つ湖面も、夜が差し迫るにつれてますます黒ずんでいった。

頬髭を生やした船頭は隠れ家に着くまで一度しか口をきかず、私たちも同じく無言だった。私について言えば、クランフォード殺しの謎で頭が一杯だったのである。

私たちを出迎えに来た彼を撃ち殺したのは、いかなる人物なのか? クランフォード氏は波止場の手前で殺されたのか、それとも湖の真ん中で殺されたのか? 犯人は二人いたのか、あるいは単独犯だったのか?

ノース・パイクを出発しておよそ十分後、無口な船頭はデンを囲む湾にボートを正対させると、振り向きざま狙い澄まして船尾に唾を吐いた。

「ここですよ、ガヴァナー・エンディコット号が沈んだのは」と、不機嫌そうな声で告げた。

私たちも振り返り、航跡が白く泡立つ暗い水面を見つめた。クリフトン伯父は悲しげに顔をしかめている。

「最初はマックスで今度はウォーレンか」伯父は呟いた。そしてそばにいる私の存在を思い出し、申し訳なさそうにこちらを向いた。

「済まないな、こんな悲劇が出迎えることになって。ともかく、ここが我々の〝隠れ家《デン》〟だ」

私は岸のほうを見つめた。ボートは右に旋回し、片側から岩が突き出た狭い水路に舳先を向けている。突端の両側には背の高いマツの木が立っており、そこを過ぎるとボートは小さな船着き場へと進んだ。霧に包まれたその後ろでは、大きなコテージから明かりが漏れている。

その明かりの向こうにはさらに背の高いモミの木が立ち並び、邪悪な歩哨の如くキャンプ地を取り囲んでいた。そして、ウエスト・マウンテンの朦朧とした巨大なシルエットが、霞を通してわずかに見えた。

船着き場で私たちを迎えたのはアベル・トレンチ氏だった。二十年という歳月が風貌を変えていたものの、伯父の写真のおかげですぐにわかった。小柄かつ干からびた風貌で、四十代後半のはずだが少なくとも十歳は老けて見える。禿げ上がった額の中央に飛び出たわずかな黒髪が、さらに老いを強調していた。ボートが近づく中、船着き場の縁に裸足で立ち、当惑した様子でこちらを見つめている。

「やあ、クリフ!」迫り来る老いが、その甲高い声を金切り声に変えつつあった。「ウォーレンとヴィクスン号はどうした?」

ボートが着岸するや伯父は船着き場に飛び上がり、トレンチ氏を脇に連れて親友の死を低い声で伝えた。トレンチ氏の顔は一瞬で青ざめ、抑えても抑えきれない恐怖混じりの声が私の耳にも飛び込んできた。

「撃たれた? 誰がそんなことを?」

伯父は顔をしかめ、静かに答えた。

「わからん。しかし、必ず見つけ出す」

そこまで言うと、船着き場に上がったデイヴィッドのほうを向いた。ボートから下りるのも一苦労の様子で、ハンサムな顔が痛みと疲労ですっかり青ざめている。

「ケントを案内してやってくれ、デイヴィッド」と、伯父は言った。「とりあえず荷物はいい。後で運んでおく。もう少しアベルと話をしたいんだ」

デイヴィッドの後を追う前に、私は一瞬振り返った。私たちを連れてきたボートは、すでに霧の中へと消えつつある。晴れた空と輝く日光の下であれば、ルーン・レイクは美しい姿を見せることだろう。しかし低く垂れ込めた霧のせいで水面が暗く淀んでいる今、目の前に広がるのは悪意を感じさせる不気味な光景だった。

死を連想させる冷気があたりに立ち込めている。私は身体を震わせつつ、コテージのステップを上るデイヴィッドの後を追おうと振り向いた。そのとき、嘲るような醜い笑い声が、私の背後ではっきり聞こえた。不気味で耳障りなその声は、浮かれ騒ぐ死者の魂を思わせた。

私は身体をビクリとさせた。忌まわしい笑いが神経を苛む。その様子を見た伯父は、安心させるように笑みを浮かべた。

「ルーン、つまりアビという鳥の鳴き声だよ。忘れたのか、ここは狂人の湖《ルーン・レイク》だぞ」

自分の神経質さを恥じた私は、急いでステップを駆け上がった。デイヴィッドが開けてくれていたドアを抜けると室内の暖かい空気が私を歓迎し、二人の若い女性が笑みを浮かべながら椅子から立ち上がった。その横には大きな暖炉があり、シラカバの丸太が赤々と燃えさかっている。

一連の出来事に今なお混乱している私は、二人の自己紹介を上の空で聞いた。そのいずれもデイヴィッドの怪我と、彼が持ち帰った悲劇の知らせとに悲嘆と恐怖の声を上げていた。長身で色が黒く、輝くような黒い瞳と物憂げな笑みが印象的な少女はジュリーという名前で、アベルとエミリー、つまりトレンチ夫妻の養女だった。小悪魔的な潑剌とした魅力を持つ赤毛のほうはエニッド・プレンダーギャスト、つまりデイヴィッドの義妹にして犠牲者の継娘である。これらはいずれも後に知ったことだった。

ドアが開いて伯父とトレンチ氏が現われた途端、ジュリーとエニッド、そしてデイヴィッドは一斉に口を開いた。二人の少女から挨拶を受けた伯父は、素早くまわりを見渡した。

「ジャスパーはどこだ？　今すぐ話をしたいんだが」

一瞬の沈黙の後、ジュリーが答えた。無気力な返事にもかかわらず、なんらかの感情がこもっているようだ。

「釣りに行ってますわ。ヴィクスン号が出発してすぐ、カブ号《子ギツネ》に乗って出かけたんです」

「まだ戻ってないのか？」

「ええ」

私は知らず知らずのうちに、その低い声に込められた重大な意味を感じ取っていた。

「エミリーは？」

落ち着かない沈黙が後に続いた。どちらの少女も口を開かず、ようやく答えたのはアベル・トレンチ氏だった。禿げ上がった額に皺を寄せているが、それは不安という言葉では表わしきれない感情を物語っていた。

「いや、それが……」と、トレンチ氏は躊躇いがちに答えた。「彼女も行方不明なんだ」

第三章　闇に潜みし者

先にも記したとおり、クリフトン伯父と私がデンに到着したのはちょうど五時半である。それからしばらくして、湾のほうからボートのエンジン音が聞こえたので腕時計に目を落とすと、針は六時を指していた。

この三十分間は私たち一同に暗い影を落とした。しかし、クランフォード氏を襲った悲劇がデンの人々を陰気な空気で覆ったのは確かだが、私の知らないなんらかの理由で、本当の悲しみは引き起こされていないように思われた。とは言うものの、ジャスパー・コーリスとエミリー・トレンチの時ならぬ不在は全員の心に不安をかき立て、伯父と私が抱いていた疑いと合わせて、その場の状況を二重に恐るべきものにしていた。

最初にその音を聞いたのは、それまで数分ごとに不安げな様子で戸口へ駆けつけていたアベル・トレンチ氏だった。私たちもそれに続いてコテージのポーチへと急いだ。

「フォックス号だ」と、トレンチ氏は言った。「一マイル離れていてもエンジン音でわかる。なんだってエミリーは、この霧の中を一人で出かけたんだ？」

最初はかすかにしか聞こえなかった規則正しいエンジン音が、近づくにつれて大きくなった。見ると、フォックス号の舳先がレイナード・ロック――後で知ったのだが、カブ湾の入口に突き出ている花崗岩だそうだ——を通過している。ボートが船着き場に近づいたとき、ただ一人乗っているのが女性であるのに気づいた。若くはないけれど、今なお魅力的なのは間違いない。

トレンチ氏はポーチ脇の階段を駆け下りた。

「エミリー！　どこに行ってたんだ？」と、問い詰める。「みんな心配してたんだぞ！」

彼女は夫の差し出した手を軽蔑するように見下ろし、船着き場の側面にぶら下がる巨大な鉄輪にもやい綱を結びつけると、優雅な足どりでステップを上がった。

明かりの下に立ったエミリーは中国の人形を思わせるブロンドの美女で、大きな青い瞳をしていた。艶やかな頬は今しがた紅を差したばかりか、あるいはいつもと違う感情に赤く染まったかのようである。

自己紹介する私を、彼女は輝く瞳でじっと見つめた。「はじめまして」という短いひと言にも十分な温かさがこもっている。それでいて、どこか上の空といった感じだった。

コテージに入ろうと振り向いたエミリーの前に、トレンチ氏が立ちはだかった。

「エミリー！」鋭い声で呼び止める。

「どうしたのよ？」

「どこに行ってたかと訊いているんだ」

彼女の頬から赤みが消えた。その顔が一瞬引きつり、何歳も年をとったかのように見える。

「どこに、って……」と、本心か偽りかはわからないが、驚いたように繰り返す。「決まってるじゃない、湖よ」

「ヴィクスン号を見たか？」

「見なかったけど聞こえたわ。エンジン音を上げて――」

「他のボートは？」

再び、びっくりした表情を浮かべる。しかし今度の驚きは偽物だった。

「憶えてないわね」と、一瞬間を置いて答える。「でも、どうして？」

伯父が一歩前に踏み出し、青い瞳で相手の顔をじっと見据えた。

「今日の午後、ウォーレンが殺されたんだ」その口調は素っ気なかった。

「殺された？」と、平坦かつ乾いた声で繰り返す。

「ああ」

「どうやって？」

「心臓を撃たれた」伯父の返事は直截だった。

エミリーは真紅の唇を舌で濡らした。

「どこで？」と、かすかに聞き取れるほどの声で尋ねる。

「湖の上さ」

「誰が――誰がそんなことを？」

「わからない――まだ」伯父は顔をしかめて答えた。「必ず見つけ出してやる。それは君かもしれないしジャスパーかもしれない。あるいは――」

しかしその先は、エミリーの喘ぐような声に遮られた。

「ジャスパーのはずがないわ！　そんなの有り得ない！」

「どうしてそう言い切れる？」伯父はピシャリと言い返した。「エイブの話では、君に続いてここを後にしたそうじゃないか。それから彼を見たのかね?」

「違う、違う! 違うわ!」

「だから、なぜ?」

「だって――だって――」

その瞬間、黒板から消されたチョークのように、エミリーの頬に残っていた最後の赤みが消え失せた。私が前に飛び出すより早く、倒れ落ちる彼女の腕を伯父が摑んだ。そして身体を持ち上げて室内へと運び、隅の長椅子に敷かれた毛皮の敷布に、失神した彼女を横たえた。

同じく真っ青な顔をしているエニッドとジュリーが、冷たい水と芳香剤を取りに行った。トレンチ氏は興奮して何かを呟きながら、伯父を脇に引き寄せた。

「どうしてあんなことを言ったんだ、クリフ?」と、伯父を問い詰める。「まさか、女房が犯人だと言うんじゃなかろうな?」

「どういうことだ?」

「ウォーレンを撃ち殺した犯人だと言ってるのか? エミリーにそんなことが――」

伯父は安心させるように、その手を相手の腕に置いた。

「エミリーにはすまないことをしたな。しかし気になったんだよ。君も憶えているだろう、去年の夏、ウォーレンと彼女がずいぶん仲良くしていたのを。それで私の頭に――」

伯父はその先を躊躇った。一方のトレンチ氏は顔を赤らめながら頷いている。

「言いたいことはわかる。いや、ウォーレンとはすっかり終わったんだ。この一週間、ほとんど口もきいていない」

「それなら――」

トレンチ氏は不安を露わにしながらも、情けなさげに乾いた笑みを小さく浮かべ、伯父が言いよどんだ先を続けた。

「いいんだ、私のことなら気にしないでくれ。友だちじゃないか。それに君だって、私と同じくらいエミリーをよく知っている。この春、ポートランドで若いツバメをこしらえて――だが、それもすでに終わったんだ。あれがどんな女か、君も知らないわけじゃあるまい。それに最近では――」

私はその会話に潜む醜い含意に少なからず嫌気が差し、静かにその場から離れた。人妻の密通などに興味はないし、妻の情事をあけすけに話すトレンチ氏にも同じ嫌悪を感じたのだ。

私はドアを開けてポーチに立った。すると、こちらへ近づく別のエンジン音が耳に入った。すぐに伯父とトレンチ氏がやって来て、三人して霧の中に目を凝らす。夕暮れの訪れとともに霧は濃さを増していた。

「カブ号だろうか？」伯父が言った。

トレンチ氏は頷き、手すりから身を乗り出した。やがて、ぼんやりとした船影が霞の中で形をなし、エンジンをアイドルにしながら船着き場に近づいた。

「ジャスパーか？」伯父が声をかけた。

「はい」

「上がってきてくれないか？　ちょっと深刻なことが起きたんだ」

犠牲者の秘書ジャスパー・コーリスはカブ号を舫《もや》い、ステップを駆け上がった。窓の明かりに浮かび上がった人影は、背が高く陰気な雰囲気を漂わせている。私は本能的に嫌悪を感じた――デイヴィッドに好意を抱いたときと同じく即座に、かつ決定的に。黒い両目が近くに並び、薄い唇を冷笑するかの如く歪めた土気色の顔は、奇妙なまでに不快だった。

ジャスパーは伯父に素っ気なく挨拶した後、私の自己紹介に小さく頷いてトレンチ氏のほうを向いた。

「何があったんです?」

すでに殺人を知っているならば、見事な演技だと言えるだろう。驚愕の表情と思わず上げた声は、いずれも本物のように思われた。

「こ、殺された?」と、どもりながら訊き返す。「どこで? いつ?」

「今日の午後、湖でだ」

ジャスパーはかすかに震える手で煙草の封を切った。

「もっと詳しく教えてください」

クリフトン伯父は眼を細めて相手を見つつ、殺害の経緯を語った。ジャスパーは煙草をせわしなく吹かしながらも、取り乱す真似はしなかった。

「なんてことだ! 犯人は誰です?」

「それはわからん」伯父は撥ねつけるように答えた。「君に心当たりは?」

「とんでもない!」と、憤慨した声を上げる。「なぜ私が?」

伯父はその問いに直接答えず、額にかすかな皺を寄せて青い瞳で相手をじっと見つめている。

「釣りに出かけたんだってね?」と、ほんの少し間を置いた後、何気なく訊いた。

「ええ」

「どこに？」

「パイニー・ポイントの近く、湾を出たところですよ」

「どうだった？」

「全く駄目ですね。一匹かかったんですが、逃がしましたよ」

「ヴィクスン号を見たりエンジン音を聞いたりしたかね？」伯父はなおも問い詰める。

この問いはなぜかジャスパーの気に障ったらしく、不愉快そうに唇を噛んだ。

「憶えてませんよ。エンジン音を聞いたような気がしますけど、自信はありません」

「それは何時のことだった？」

ジャスパーは再び躊躇いを見せた。

「さあ、わかりません」

さらにその線で質問を続けるかと思いきや、伯父は突然釣りの話題に戻った。

「今日は一匹も釣れなかったんだね？」

「ええ、一匹も」

「それは妙じゃないか。こんな日は釣れそうなものだが」

伯父がなおも言い張るので、ジャスパーは苛立ちも露わにこう答えた。

「釣れなかったものは釣れなかったんです！」

しかし伯父はあくまで冷静だった。

「それは気の毒だったな、ジャスパー」と、宥めるような口調だ。「次は釣れるといいな」

ジャスパー・コーリスは黒い眉をひそめながら、何かを言いよどんでいた。しかし無言のまま、踵を返してコテージに入る。そのすぐ後をトレンチ氏が追った。

　クリフトン伯父は二人の後ろ姿を見ながら、しばらくその場に立っていた。そして私のほうを向くと、用心深げに口を開いた。

「どうやら休暇どころじゃなさそうだ。何かがここで起きている——なんとしても、それを突き止めるつもりだよ。それにはお前の助けが必要だ。手伝ってくれるか？」

　私が手を差し出すと、伯父は力を込めて握りかえした。重圧を感じているのは明らかだった。声からも冷静さが失われ、いつにない感情で震えている。

「よからぬ力が働いている」なおも用心するような口調で伯父は続けた。「どうしてそう感じるのかはわからない。虫の知らせだろうが——しかしなぜか、そうに違いないとわかるんだ。はっきり言い当てるのは不可能にしても——」

　この時、かすかな風が頭上のマツの木を吹き抜け、その冷たく濡れた息が私の髪を軽く撫でた。思わず身震いしつつ、闇迫る湖に目を凝らす。姿も見せずデンの周囲をうろついているのは、いかなる悪意を抱く人物なのか？

「じゃあ、ジェイク・パーディの仕業だとは考えていないんですね？」私は訊いた。

　伯父は鉄灰色の頭をゆっくりと振った。

「ああ。もちろん、保安官が何を見つけるか見当もつかないがね。だがな、ケント——こう言ったら笑われるかもしれないが、外部の人間が犯人だとは思えないんだ。すぐ近く——デンの中に答えが潜んでいるんじゃないかと感じるんだよ」

　この驚くべき言葉を聞いて私は何かを言おうとしたけれど、その前に背後のドアが開き、食事を告げるジュリーの声が聞こえた。

隠れ家で最初にとった食事は、私の記憶する限り最も憂鬱なものになった。なんとか会話を試みても、ぎこちないまま途切れてしまう。不安による陰鬱な空気がその場の全員を包んでいたが、神経質になっていた私の見るところ、それをもたらしたのはウォーレン・クランフォード氏の謎に満ちた死だけではないようだ。

この場で一番陽気なのは、上着を除いてきちんと身なりを整えたデイヴィッドである。腕に巻かれた包帯が、スポーツシャツの袖越しに見えている。しかしその顔は青白く、傷を気にしないように努めているものの、まだ痛むことは表情からも明らかだった。エミリー・トレンチはすっかり元気を取り戻した様子で、頰を赤く染めつつ熱に浮かされたように何かを喋っている。夫はと言えば両目に秘かな苦悩をたたえ、食事にもほとんど手をつけていない。ジャスパーの陰気な顔が食欲を増すはずもなかった。二人の少女もまた押し黙っていたけれど、その沈黙は悲しみでなく同情によるものと思われた。

一同が食事を終えて立ち上がるとき、私の視線を捉えた伯父は、ごくかすかに玄関のほうへ視線を向けた。しかし、しばらく待ってからさりげなく部屋を立ち去り、ポーチに出てみたものの、伯父の姿はそこになかった。

その場に立って周囲を見渡し、西から吹く風に耳を澄ませる。風は頭上の木々のてっぺんをそよがせ、隠れ家を包む霧を吹き飛ばした。戻ろうとしたそのとき、船着き場のほうから低い口笛が聞こえた。

「お前か、ケント?」伯父は声を潜めている。「こっちだ。この霧さえ晴れれば、もうすぐ月の上るのがよく見えるぞ」

私はステップを下り、手探りで伯父のそばに近づいた。

「どうしたんです？」私も声を潜めつつ、探るように尋ねた。

「ここに座ってくれ。一緒に考えてもらいたいことがある」

私は船着き場の縁に腰を下ろした。それからしばらく、二人とも無言のまま座っていた。伯父はたくましい顎で何かを噛みつぶしている。キャンディーミントに違いない。ここでも唯一の秘かな悪徳にふけっているのかと、私は内心笑みを浮かべた。

「まず第一に」と、伯父は出し抜けに口火を切った。その声は低く、かろうじて聞き取れるほどだった。「エミリー・トレンチ。なぜ質問されるのを嫌がったのか？　ジャスパーの仕業でないと、なぜああまで強調したのか。そして私がその点に触れた途端、気を失ったのはなぜか？

そのジャスパーだが、ヴィクスン号とすれ違ったのを憶えていないのはなぜか？　湾から出たのなら見落とすはずがない。それに魚が釣れなかった理由は？　今日の状態であれば釣れないはずはないんだ。私もこの湖で数えきれないほど釣りをしたからね」

私は先を待ちかねるあまり、思わず声を高くした。

「つまり」と、口を挟む。「二人のどちらかが犯人だと？」

しかし伯父がくすくすと忍び笑いするので、私はほんの少し面食らった。

「結論を急いではいかんよ、ケント。あの二人にはよくわからないところがある、と言いたかっただけだ。それが関係あるのかは――」

そこで伯父は言葉を切り、黙るようにと私の腕に触れた。上のほうでドアが開き、人影がステップを駆け下りてきた。

「電報を送りに行くのかい、ジャスパー？」

その人影は一瞬立ち止まった後、しっかりした足どりで素早くステップを下りた。

「あなたでしたか、ブレントウッドさん。びっくりしましたよ。いえ、急ぐ必要がありましてね。ウエスタン・ユニオンの事務所は八時で閉まるので、あと四十五分しかないんです」

そう言ってジャスパーは、足元に浮かんでいるはずのカブ号に飛び乗った。咳き込むような音を立ててエンジンがかかると、すぐに轟音が響き渡る。ライトが点いて湖面を遠くまで照らしたかと思うと、船は泡立つさざ波を上げて飛び去っていった。

驚くほどわずかな時間でカブ号はレイナード・ロックを曲がり、視界から消え去った。ライトが見えなくなるのと同時に、エンジンの唸りも途絶えたような気がした。

伯父は上体を乗り出し、カブ湾の出口を奇妙な目で見つめていた。

「妙だな、突端を回った瞬間に音が聞こえなくなるなんて。初めて気づいたよ。まるで突然エンジンを切ったようだ」

私たちは無言のまましばらくそこに座っていた。エンジン音がかすかに聞こえるものの、カブ号のものかどうかは判然としない。ルーン、つまりアビが向こう岸で鳴いている。その鳴き声にはもう慣れたはずなのに、実際耳にするとやはり不快さがこみ上げてきた。

霧は今やほとんど晴れていた。頭上の雲も急速に散らばり、星の瞬きがちらりと見える。そして湖そのものに——。

伯父が私の腕に手を置いていた。どういうわけか、私は触れた瞬間にその手を見ていた。そして二人して、東の空の黄色い光をかすかに反射しているさざ波を見つめた。その光はイースト・マウンテンからもうすぐ満月が現われることを告げていた。

カブ湾の出口の向こう側、ルーン・レイクのどこかで星とは違う光が瞬き、再び消えた。外に出て以来、私はすでに二艘のボートが出入りするのを見かけていた。しかしこの光は、通り過ぎる船から発せられたものではない。それは係留されている船、少なくとも停止している船の光であることに疑問の余地はなかった。

伯父の手に力がこもる。

「信号だ！」そう短く呟くと、さっと振り向いてデンを見上げた。しかし東向きの窓から漏れる明かり以外、室内は闇に包まれている。この信号が一座の誰かに向けられたものだとしても、応答が返ってくることはなかった。

モールス信号らしき光の信号が断続的に繰り返される。伯父は決まり悪そうにそわそわしていた。

「モールス信号を読めるか、ケント？」

「いいえ」

伯父は立ち上がった。

「行って突き止めてやる！」と、決意したように囁く。「カヌーを漕げるか？」

「もちろん。ポトマック川で――」

しかし伯父は何も言わず、船着き場の端に向かっていた。そこにカヌーが裏返しに置かれているのは、私も見た記憶があった。薄明かりの中、私たちは手探りでカヌーに辿り着き、音を立てず湖面に下ろした。

「船首のパドルを」と、伯父が命じる。

伯父は力強く、それでいながら静かにパドルを漕ぎ、カヌーは水面から浮くようにしてカブ湾の出口へ向かった。私は相手のペースに合わせるだけで精一杯だった。伯父はここまで見事にカヌーを漕げたのかと、驚きに似た感覚が湧き上がる。しかしそれは、続く数日間で私が出会った驚きの一つに過ぎなかった。

イースト・マウンテンの鋸のような稜線から、月の端がほのかに見えていた。その色はますます濃くなり、前方に伸びる金色の小道も広さを増している。空は驚くべき早さで晴れ上がっていたが、それこそがルーン・レイク特有の天気の変化だった。水蒸気のような霧に覆われた数時間前の湖面を思い出すと、同じものとは到底信じられない。空気も完全に澄み、晴れやかで心地よかった。

スリルのおかげで筋肉に力が入る。カヌーは光り輝く湖面を突き進んでいた。すでに二つのデンは遠く離れており、パドルを漕ぐたびにスピードが増した。謎の信号の正体を突き止められるだろうか？　結果として、クランフォード氏殺害の解決に近づけるのか？

光自体はすでに消えていた。パドルから滴る水と、カヌーの両脇で盛り上がる水面以外、広い湖に音や動きは何一つない。あれは幻覚だったのか？　だが二人して同じ幻覚を見るなど有り得ない。

そのとき、湖面に浮かぶ黒い物体が左のほうに見えた。話しかけようとして振り向くと、舳先が急に右を向いた。伯父もその物体を見たのだ。

正体不明の物体へと急速に近づく。すると、モーターボートの輪郭がぼんやりと浮かび上がった。完全に停止しているそれは、なんとも不気味な姿に映った。誰かが乗っている気配はない。結局私たち二人が追いかけていたのは、無関係な釣り人だったのか。

そう考えた瞬間、眩い光が私たちの目をくらまし、耳障りな大声が警告した。

「失せろ！　失せるんだ――」

私は本能的に全力でカヌーを後退させた。小さな船体は転覆しそうになりながら、光に向かって急旋回する。

銃声が湖面に響き渡ったのはそのときだった。銃弾の衝撃でカヌーが震えるのを、私ははっきりと感じた。

第四章　深夜の悲鳴

私は予想外の攻撃に度肝を抜かれ、パドルを上向けたままあんぐりと口を開けた。すると二発目の銃弾がパドルをかすめ、私の手から払い落とした。

伯父がリボルバー拳銃を持参していたとは意外だった。そうと気づいたのは、弾丸が耳をかすめ飛んだ瞬間、発射の反動で地震に襲われたかのようにカヌーが揺れたからである。

モータボートの光が下向きに大きく半円を描き、突然消えた。苦痛に満ちた悲鳴が水面にこだまする。次いで発せられた汚い言葉の連続は、弾丸が標的に命中したことを告げていた。

そして息詰まるような漆黒の暗闇。黒いベルベットの幕が目の前にいきなり下ろされたような感覚だ。再び伯父の拳銃が火を噴いたけれど、今度は大声が上がることはなかった。ボートからも撃ち返してきたが、狙いもつけずに撃っているようだ。

すると謎のボートがエンジン音も高らかに、逃げ場を求める黒猫のように闇へと走り去っていった。踝のあたりに刺すような冷たさを感じたのはこのときだった。最初の弾丸が水面近くかその下で舷側を撃ち抜いたのだ。

私は驚きと狼狽のせいで、思わず悲鳴を上げてしまった。しかし船尾から伯父の冷静な声が聞こえ、なんとか落ち着きを取り戻した。

「靴を脱げ、ケント」と、伯父が命じる。「残念だが泳がねばならんようだ」

靴に続いてコートとズボンも脱ぎ、それらを座席の下に押し込んでから湖面に飛び込む。水中は氷のように冷たく、私は喘ぎながら身体を震わせた。

「片手でカヌーを、もう片方の手でパドルを摑むんだ」伯父はあくまで冷静さを失っていない。「スピードは落ちるが、こうしたほうがずっと安全だ」

浸水したカヌーを牽いて岸へと向かうにつれ、両脚の感覚がなくなっていった。氷のように冷たい水中を苦労して進んでいくと、妙に鮮明な悪夢を見ている感じがする。ルーン・レイクには岩山の麓から湧き出る清流が流れ込んでいて、それが突き刺すような冷たさの原因だった。しかし徐々に慣れてきたのか、楽しむとはいかないけれど我慢できるまでにはなってきた。とは言え、骨の髄まで冷えきった私は、南大西洋の温かな海を心から恋しく思ったものである。

このときから今に至るまで、果たして自力で岸に辿り着けただろうかと、私はずっと考えている。だが結局、そうする必要はなかった。湖のただ中で上がった銃声によっていくつものコテージに明かりが点き、様々な声が岸のほうからかすかに聞こえてきたのである。伯父と私は泳ぐのをやめ、声も限りに叫び返した。

やがてエンジン音が聞こえ、救助に来たボートの光が目に飛び込んだ。かなりの時間が過ぎたように感じられる。最初に着いたボートへと引き上げられたが、その正体などどうでもよかった。助けられた地点から岸までのちょうど中間に差しかかったとき、ようやく回復した私は驚きの目でボートの主を見つめた。

濃紺のセーターの裾を首に巻きつけたデイヴィッド・プレンダーギャストが、笑みを浮かべてこちらを見下ろしている。

「大丈夫か?」

私はかすかに頷いて身体を起こし、差し出されたグラスの水を一気に飲み干した。デイヴィッドの向こうにはフォックス号の船尾が見え、もう一人の人物がブランケットに身をくるんで座っている。

「大丈夫ですか、伯父さん?」と、私は恐る恐る訊いた。

クリフトン伯父も私と同じく、夜の水泳で冷えた身体を震わせていた。しかし歯をカチカチ鳴らしながらも、その返事は冷静でいささかの乱れもなかった。

「ああ、大丈夫だ」そう答えた後、乾いた声で付け加えた。「どうだい、こういう休暇は?」

フォックス号はスピードを緩め、船着き場のそばで止まった。浸水したカヌーのバランスを船尾でとっていた伯父がその場に立ち、カヌーを岸に引き上げる。

「すぐに戻ろう」と、伯父は言った。「着替えたいし、何よりウイスキーが恋しいよ」

それから三十分後、デンの住人と、騒ぎを聞きつけて集まってきた数名の隣人が暖炉の周りに集う前で、伯父と私はこれまでの経緯を明かした。その反応には好奇心と驚きが入り交じっていた。デイヴィッドによれば、外に出て船着き場に立ったところ、最初の銃弾による閃光が見えたという。そして私たちの大声を聞いたときにはすでに、現場へと向かっていたそうだ。

「しかし、誰がそんなことを?」トレンチ氏が金切り声を上げる。「いきなり撃つなんて、誰の仕業なんだ?」

いまだ小さく身体を震わせているクリフトン伯父は暖かな炎のそばに近づいた。火に照らされて赤くなった顔は深刻そのものである。

「それはつまり、誰がなぜウォーレンを撃ち殺したかにもつながる。それがわかれば、答えは出るだろう」

そのとき、私は思わずエミリー・トレンチのほうを見た。伯父の言葉に青ざめたのは、果たして想像だったのか？

「姿を見ませんでしたの、クリフおじさま？」エニッドが口を挟み、集った人々の中でこう問い詰めた。「その人たちが誰か、何人いたのか、何をしていたのか、まったくわからないんですか？」

「ああ、これっぽっちもわからない。懐中電灯を持ってはいたんだが――」

すると、暖炉の前に立っていたジュリーが猫のように身体を伸ばし、物憂げな黒い瞳をゆっくりと伯父のほうへ向けた。

「こんなにスリル一杯でロマンチックな休暇なんて初めてよ！」と、絹のような滑らかな声で彼女は言った。「謎だらけの殺人、不気味な黒いボート、それに暗闇から放たれる銃弾――」

「君にとってはロマンチックかもしれないがね」伯父の声には穏やかな皮肉が込められていた。「鹿のように追い立てられ、ルーン・レイクのど真ん中で沈められることがロマンスなら、ケントも私もそれを楽しもうとは思わないな」

続く沈黙の中、ボートの近づく音が聞こえた。それはカブ号で、ルーン・ハーバーに出かけていたジャスパーが戻ってきたのである。

彼が外のステップを上り、ポーチを横切って部屋に入る間も、息詰まるような沈黙は続いた。ジャスパーはドアの前で立ち止まると、陰気な顔にいつもの冷笑を浮かべ、押し黙っている私たちをじっと見つめた。

「なんです、これは？　クエーカー教徒の集会でもあるまいし」

その一言が沈黙を破った。いくつもの声があちこちから上がり、何があったかを伝えようとしたのだ。

ジャスパーは表情一つ変えず、また何一つ口を挟むことなく、それに耳を傾けた。

「今度はまるでシカゴだ」と、ようやく口にする。「ずいぶん賑やかになったことで」

すると、伯父が暖炉から顔を向けた。

「電報は間に合ったかね、ジャスパー？」

ほんの一瞬、ジャスパーは躊躇ったように見えた。そして見間違いではないかと思えるほどごくかすかに、彼は頷いた。

「もちろんですよ」

さすがに素っ気ないと思ったのか何かを付け加えようとしたけれど、口の端で飲み込んだ。見ると、エミリー・トレンチの視線がじっとジャスパーに向けられている。この二人の間には、いかなるつながりがあるのか？　ウォーレン・クランフォードの殺害に関してか——そんなことが有り得るだろうか——あるいは……。

「しかし、なぜそんなことを？」アベル・トレンチ氏が再び嚙みついた。「どうにも理解できんよ、クリフ——まるでわからん」

「私だってそうさ」と、伯父は辛抱強く返事をした。

その後も色々と議論が続けられたけれど、意味のある結論は出なかった。

後に知ったのだが、〝四匹のキツネたち〟はここ数年というもの湖に近いビッグ・デンをもっぱら使い、客は百フィートほど内陸にあるリトル・デンのほうに泊めていたという。しかし四人のうち二人が死んだ今年、古いルールに固執する意味はなかった。そこで私たちは二つのグループに分かれ、伯父とデイヴィッド、ジャスパー、そして私がビッグ・デンの二階にある四部屋を使い、アベルとエミリーのトレンチ夫妻、エニッド、ジュリーの四人は、リトル・デンに同じく四つある部屋のうち三部屋を占めることになったのである。

私は疲れを感じていたものの、それは肉体的なものに過ぎなかった。眠ろうとしても目が冴えて寝つけない。何時間そうしていただろうか、私は狭いながらも快適なベッドの上で右向きに横たわり、月明かりに照らされた窓枠を見つめていた。興奮のせいで覚醒した頭の中では、その日の出来事が籠に入れられたモルモットのように駆け巡っていたのである。

ジェイク・パーディが波止場に近づくクランフォード氏を射殺し、デイヴィッドに怪我を負わせたのだろうか？　あるいは遠くで狩りに興じていたハンターの流れ弾だったのか？　ジャスパーかエミリー、もしくはその両方が犯人で、デイヴィッドの傷が流れ弾によるものと判断されることを見越していたのか？　それとも未知の敵が霧の中に潜み、命取りの銃弾を放ったのか？

たとえ犯人でなかったとしても、エミリーとジャスパーの間にどういう関係があるのか？　ジャスパーが魚一匹釣れなかったのはどういうわけか？　ジャスパーは本当にルーン・ハーバーで電報を送ったのだろうか？　銃弾が発射されたのは、ライトを消して湾に隠れていたカブ号からではなかったのか？　それに何より、一方的に銃を撃ちまくったのはどこの誰なのか？

こうした疑問を考えれば考えるほど、解答を出すのは不可能に思われてきた。何もかもが無意味で理解しがたく、全体像はいまだ混乱に満ちている。ピースの大部分が欠けたジグソーパズル、と言ったほうが正確だろうか。それどころか、今あるピースだって全部が目下の謎に関係しているとは限らないのだ。

眠られぬままベッドから這い出し、忍び足で廊下を歩いて階下に向かったのは、深夜をずっと過ぎたころだった。そして音を立てないようポーチの手すりに近づき、月の光を受けて銀色に輝く美しい湖面をじっと見つめた。

月は今や天高く昇り、狭い湾とそこから広がってゆく湖面に光を浴びせている。見渡す限りボートは見えず、静寂があたりを支配していた。

いかなる衝動からか、私はステップを下りて船着き場に出た。そのとき抱いていたジャスパーへの疑念は、事実ではなくむしろ偏見が土台にあった。とは言うものの、カブ号の中になんらかの手がかりがあるはずだと、意識の下で予想していた――望んでいたとは言うまい――のである。

鎧戸が上げられた窓を気にしながら、静かにボートへ乗り込む。何を見つけられると思っていたのかはわからない。しかし右舷の手すりを見たとき、私は驚きのあまり目を見開いた。そこに決定的な証拠があろうとは夢にも思っていなかった。

それは円形の穴だった。内側の縁がささくれ立っているものの、それ以外はきれいに穿たれている――銃弾の痕に違いない！

他にも銃撃戦の痕跡がないかと、私は熱に浮かされたように探し始めた。ポケットに忍ばせておいた懐中電灯は使う気になれず、月明かりが頼りだ。だがそのうち、別の恐るべき考えが頭に浮かんで思わず手を止めた。

伯父の銃弾は確かに命中した――しかしジャスパーにではなかった！

今は亡きウォーレン・クランフォード氏の秘書は、一見無傷で戻ってきた――少なくとも傷を見せることはなかった。それならば、いったいどのように湖のど真ん中で仲間を乗せたのか？　撃たれた人間はその後どうなったのか？

興奮していたにもかかわらず、圧倒的な眠気が私を襲い始めた。部屋に戻って朝まで待ち、伯父に今見たものを伝えるのが最善だろう。小さくあくびをしながらカブ号を後にし、船着き場と木組みのステップとを結ぶ苔むした小道を忍び足で戻っていった。

ここまで足音に気をつけていなければ、右側の藪でカサカサと音がしたのに気づかなかっただろう。それは耳を澄まさなければ聞こえないほどかすかな音だった。そちらにはもう一軒のコテージがあり、スティーヴ・ラムズデルという人物が所有していると聞いていた。

私は全身の筋肉をこわばらせ、その場に凍りついた。鳥か動物かが下生えの中を動き回っているのか？　それとも――。

じっと耳を澄ませたが、音はそれきり聞こえなかった。空耳かと思ったそのとき、再びそれが聞こえた――マツの大木から落ちた葉の上を、誰かが足音を忍ばせて歩いている。

震える手でポケットから懐中電灯を取り出し、足音のほうに向けてスイッチを入れる。次の瞬間、私は驚きとも衝撃ともつかない悲鳴を上げた。

三十フィートほど向こう、背の高いモミの木の下に男が一人立っている。背中をこちらに向け、厚く積もった茶色の葉の上に片脚を乗せている様子はまるで、コテージから秘かに逃げ出してきたようだった。

懐中電灯の光を浴びた男は、そのままの姿勢で身体を凍りつかせた。顔は見えないがその必要はなかった。あのオーバーオール、破れたシャツ、そして乱れた黒髪――。

「あんたなのか、パーディ？」

私の声は震えていたものの、呪文を解くのには十分だった。侵入者はパニック混じりの視線を肩越しに送り、木の葉に乗せていた足で地面を蹴ったかと思うと、脱兎の如く森の中へ姿を消した。しかしウォーレン・クランフォード殺しの容疑者と思しき人物が深夜の訪問者だったことは、一目見ただけで確信できた。

驚きのあまり一瞬動けなかったが、次の瞬間には私も駆けだしていた。ジョージ・ワシントン大学の陸上部に所属しているくらいだ、脚には自信がある。このとき男に追いついていれば、ルーン・レイクの連続殺人事件はずっと幸福な結末を迎えられたはずだった。

男の姿はすぐに見えた。湖と平行に走るほとんど使われていない小道を、一心不乱に駆け下りている。再び懐中電灯の光を浴びた男は小道の脇にそれ、臆病なウサギよろしく藪の中へ飛び込んだ。相手のほうが森に詳しいだけあって、一分もしないうちに逃げた跡をすっかり見失ってしまった。その後も十五分ほど懐中電灯をあちこちに向けて森の中を探し回ったが、人影が見つかることはなかった。

私は自分を責めながら、月の光がまだらに差し込む森を抜けてコテージに戻り、忍び足でステップを上った。出入りに気づいた人物はいないはずだ。

伯父の寝室を通り過ぎるとき、誰かの手が肩に触れた。一フィートは飛び上がったに違いない。見ると、寝室の扉がゆっくりと開いた。

私は息を呑んで後ずさり、懐中電灯をそちらに向けた。その光が茶色のバスローブに届くより早く、伯父が闇の中から短く声をかけてきた。

「静かに、ケント！　中に入れ！」

驚きのあまり震えつつも部屋に入り、ベッドの端に腰を下ろす。伯父は鍵をかけてから、北向きの大きな窓のそばにある揺り椅子に座った。その窓から差し込む月明かりが室内をぼんやり照らしている。しかし薄暗がりの中でも、伯父の顔に浮かぶ笑みは見て取れた。

「どういうつもりなんだ、こんな深夜に歩き回るなんて？」

「なんですって？」

「夢遊病者のように一晩中歩き回ったのはなぜか、と訊いているんだ」

「見てたんですか、伯父さん？」私は少々驚いていた。

伯父は立ち上がってドレッサーのほうに歩いた。何かを探す音が聞こえる。その直後、冬緑油（樹皮や植物を水に浸した上で、蒸留して作る香油）の匂いがかすかに鼻腔を刺した。

「私の眠りが浅いことを忘れたのか？」伯父はそう言いながら椅子に戻り、満足げにため息をつきながら腰を下ろした。「しかもお前の部屋はこの隣だ。壁だって薄い。廊下を挟んだデイヴィッドかジャスパーの部屋なら、そうも行かなかっただろうがね」

そのとき、伯父の口調が突然変わった。

「で、どうだった？」

私は声を潜めつつ、先ほど見聞きしたことと深夜の追跡劇をざっと話した。話を聞いた伯父はじっと前を見つめながら、しばらく黙り込んだ。

「確かなんだな、銃弾の痕だったのは？」と、ようやく口を開く。

「間違いないと思います。もちろん月の光だったから――」

「つまりあれはカブ号で、我々に引金をひいたのはジャスパーだったと？」

「伯父さんはどう考えます？」私は訊き返した。

「そう思えるが、状況証拠に過ぎない。それがウォーレン殺しの犯人を見つけるのにどう役立つ？」

「そうですね」私はゆっくりと答えた。「もしあいつが湖の上で僕たちを撃ったのなら、ウォーレンを撃った理由もはっきりします」

伯父は身体を前後させながら、嘲笑うように首を振った。

「それじゃあ弁護士にはなれないな」こちらを哀れむような口調だ。「可能性が零とは言わんが、論理に全く欠けている。それが正しいとしても、デイヴィッドがジャスパーの姿を見なかったのはどういうことだ？」

「たぶん見たんですよ」私は口を尖らせて反論した。

伯父は椅子の動きを止め、この荒唐無稽な説をじっくり考えているようである。

「つまり、かばっていると？」

確信のないまま意地になって話していた私は、ただ肩をすくめるだけだった。

「じゃあ、デイヴィッドの腕を撃ったのは？」伯父はなおも問い詰める。

「自分で撃ったんでしょう」私はカッとなって呟いた。

だがなんらかの理由で、伯父はこの馬鹿げた妄想を検討の価値ありと考えているようだ。

「そんなはずはない」と、ようやく口にした。「弾薬の痕がなかったからな。それがあれば、包帯を巻いたときに気づいていたはずだ」

私が何かを言おうとしたそのとき、伯父が上体を寄せて黙るように合図した。開いた窓の外で聞こえていた風がいつの間にか止んでいる。静寂に包まれた穏やかな夜。じっと耳を澄ませても、何かをゆっくり叩くような音がかすかに聞こえるだけである。

「足音だ」と、伯父が囁く。

私たちは再び耳を澄ませたけれど、それはもう聞こえなかった。足音がコテージの中から聞こえたのであれば、立ち止まったかあるいは遠くに離れていったのだろう。

伯父は立ち上がり、湖に面した私の部屋へ音もなく向かった。二人して船着き場を見下ろすと、繋留されたカブ号とフォックス号が月の光を浴びて静かに揺れている。湖畔には船小屋があるものの、冬以外に使われることは滅多にないそうだ。

突然、伯父が私の腕を摑んだ。

「見ろ！」と、囁くように声を上げる。「戻ってきたぞ」

カブ湾の入口に目を向けると、月に照らされた湖面に黒い点がはっきりと見えた。距離が遠く輪郭しかわからないものの、繋留されたボートに違いない。

私たちは窓にそっと近づき、耳を澄ませた。くぐもったエンジン音がかすかに聞こえ、その合間にひそひそ声が飛び込んでくる。断続的な光の他に明かりはなく、それもすぐに消えてしまった。

伯父は目を凝らしながら、私の腕を摑む手に力を込めた。私は思わず声を上げてしまった。

「行って突き止めてやる。あいつらが――」そう囁く伯父の瞳はギラギラと光っていた。

「駄目ですよ！」

「なぜだ？」

「僕らのボートを見られれば――」

「ボートで行くつもりはない」

「泳いだとしても――」

伯父は少年のような笑みを浮かべた。

「泳いでいくつもりもないさ」と、私に囁く。「シャツを着てここに残るんだ。何かがあそこで起きているのは間違いない――なんとしても突き止めてやる！」

伯父は部屋に戻ってズボンに着替え、ゴム底の靴に履きかえると、旅行カバンから懐中電灯を、ドレッサーから拳銃を取り出して音もなく階下へ向かっていった。私は伯父の部屋の壁にかかっていたケースから双眼鏡を手に取り、自分の部屋に戻った。

しばらくすると、月明かりに照らされた船着き場の岸に伯父が姿を見せ、レイナード・ロックに通じる湖畔の小道らしき場所を進んでいった。

そのころにはもう、私は伯父の意図に気づいていた。ビッグ・デンの前に広がる湾は狭く細長い。ゆえに出入りするボートはレイナード・ロックから五十フィート以内に近づくことになる。強力な懐中電灯があれば、謎のボートを陸地から秘かに見張るのは簡単なことだった。

私は双眼鏡を上向けてボートを視界に捉えた。どれだけ経っただろうか、レイナード・ロックから明るい光線が出し抜けに現われ、繋留された黒く細長い船体を包む。一瞬、私はその船影をはっきりと見た。薄暗く不気味な船体に目を凝らすと、舷側に小さな人影が立っていて、手すりからはより大きな人影がぶら下がっていた。

そして銃声が静寂を破った。それに続いて二発目の銃声がこだまのように響き渡る。

ほぼ同時に響いた銃声の直後、背後の森から甲高い悲鳴が聞こえた。それは恐怖に怯えた女性のものので、リトル・デンから上がったのは間違いなかった。

第五章　輪になったハンカチ

夜更け過ぎの悲鳴が何を伝えようとしたのか、私には今でもわからない。それは心からの恐怖によるもの——悪夢の中で出すような、甲高い叫び声——だった。しかし外に飛び出て返事をしてみたが、私の声もまた言葉にならない言葉を発するだけだった。

岩がちの小道を通ってリトル・デンに近づくと、窓の内側で光が瞬いた。低いステップを一またぎで上り、ドアを開けて廊下に駆け込む。

そこで何を目撃することになるのか、はっきりわかっているわけではなかった——少なくとも、もう一つの死体があるに違いない。そしてドアの内側に横たわる物体につまずいた瞬間、自分の恐れが現実になったことを悟った。

落としてしまった懐中電灯を拾い上げ、恐る恐るスイッチを入れる。

廊下に横たわっていたのは、緑のシルクのパジャマに身を包んだエニッド・プレンダーギャスト。光に照らされたその顔は、幽霊と見紛うほど青白い。

彼女の身体を持ち上げると、階段のほうから素早い足音が聞こえ、アベル・トレンチ氏の興奮した金切り声がそれに続いた。しかし私はそちらには目もくれず、腕の中で眠る女性を見下ろしていた。するとピクピク動いていた瞼がゆっくりと開き、青い瞳に恐怖を浮かべてこちらを見上げた。

「あなただったの――ドアの向こうにいたのは?」と、呆然とした声で呟く。

私はそれに答えずエニッドを客間へと運び、闇の中からいきなり現われたソファーの上に横たえてやった。後ろにいたトレンチ氏が明かりを点けたのだ。さらにその背後から、ジュリーの青白い顔がこちらを覗き込んでいる。

ソファーに横たわったエニッドは身動き一つせず、再び瞼を閉じた。そばに跪くと、艶のある赤銅色の髪にもかかわらず、否定しがたい美しさに初めて気づいた。赤毛の女性が魅力的であるなど、それまではどうしても信じられなかったのだ。

「どういう意味なんだ、『ドアの向こうにいたのは』って?」無駄だとわかっていても訊かずにいられない。「何を見たんだ?」

エニッドは目を開けて天井をぼんやり見つめたかと思うと出し抜けに起き直り、一心不乱に周りを見渡した。

「大丈夫だよ」エニッドを安心させようとそう言った。「怖がることはない。何があったんだ?」

その言葉に安心したのか、相手は再び横たわった。顔色は青白いままだが、唇に色が戻っている。

「眠れないまま横になっていたの」そう言ったものの、言葉にするのも難しい様子だ。「どうしても眠れなくて。仕方なく、クランフォードさんのこととか、湖に浮かぶボートのこととか考えてたのよ。そしたら玄関から何か聞こえたの。ベッドから出て真っ暗な廊下を忍び足で歩いて、外を見ようとカーテンを開いたら――」

エニッドはそこで両目を閉じ、身体を震わせた。

「何を見たんだい?」私は待ちきれなくて先を促した。

「顔が見えたのよ！」彼女は喘ぐように答えた。「窓に顔を押しつけて、じっとこっちを見てるの！私に触っている感じがしたわ。びっくりして一瞬凍りついたけど、次の瞬間にはもう消えてた。悲鳴を上げようとしたのに――」

「いや、ちゃんと上げていたぞ」と、背後から声がした。「イースト・マウンテンの頂上にいても聞こえただろうな」

声の主はデイヴィッドだった。パジャマの上に青いガウンを羽織り、私のそばにしゃがんでいる。呼吸こそ荒いものの、その笑みは私たちを安心させた。

「ええ、そうかもね」エニッドが顔を赤らめながら頷いた。「少なくとも悲鳴を上げようとしたの。大騒ぎしてごめんなさいね。だけど、こっちを見つめていたあの顔――ああ、怖かった！」

「なあに、どうしたの？　ねえ、何があったのよ？」

声の主はエミリー・トレンチだった。ピンクのネグリジェに身を包み、ピンクの縁取りがついたスリッパを履いて階段を駆け下りてきたのだ。こんな時間に目を覚ますなど、騒ぎになっていたとはいえ奇妙である。それに、スリッパの中にあるのは裸足でなく、踝のあたりで絹の靴下が光沢を放っていた。

夫のトレンチ氏が、額に残った一条の髪を不気味に逆立てつつ、事情を説明した。デイヴィッドと私もそれぞれの視点から話を補強した。そしてデイヴィッドが伯父のいないことを驚き混じりに指摘して初めて、不在の人物がもう一人いることに私は気づいた。

ビッグ・デンの四人目の客、ジャスパー・コーリスは、湖で起きた銃撃戦やリトル・デンから上がった悲鳴にもかかわらず、ぐっすりと眠りこけているらしいのだ。

相次ぐ出来事に目を覚まさなかったのか？　あるいは――

不吉な予感に囚われた私はその場を後にリトル・デンから飛び出し、大急ぎで小道を戻った。湖畔のビッグ・デンに近づくと、その背後から不意に人影が現われた。心臓が止まるほど驚いたものの、正体はクリフトン伯父だった。

私を見た伯父は息も絶え絶えに立ち止まった。後で知ったのだが、レイナード・ロックで起きた銃撃戦の際、エニッドの悲鳴は伯父の耳まで届いていなかったという。しかしリトル・デンのほうで光が瞬いたかと思うと、慌てて逃げる人影が見えたので、大急ぎでこちらに戻ってきたというのである。

「何があったんだ、ケント？」伯父は訊いた。

私は手短に話した。

「それで、ジャスパーのことを思い出したんです」と、話を締め括る。「戻って様子を確かめるべきでしょう？　こんな騒ぎで目を覚まさないなんておかしいですよ！」

「私も行こう」伯父は言った。

ジャスパーの部屋は建物の裏手にあり、伯父の部屋と廊下を隔てて向かい合っている。私はどうせ鍵がかかっているだろうと思いつつ、そっとドアを開けようとした。しかしノブが回ったので、私たち二人は忍び足で室内に入った。

部屋の中は薄暗く、窓の桟から一条の月光が差し込んでいる。私は恐ろしい予感がしていた。すると、伯父が明かりのスイッチを入れた。

しかし心配は杞憂に終わった。ジャスパーは枕に頭を埋め、規則正しく寝息を立てている。伯父が肩を揺するといびきが止まった。もう一度身体を揺すられたジャスパーは、眠たげに目を開けた。

「なんです、いったい?」そう呟き、布団を跳ね上げる。

ベッド脇の椅子にはジャスパーの服が置いてあった。そのとき、伯父は床に落としたキャンディーミントを拾おうと、服の上に一瞬手を置いた。

「誰かがリトル・デンの周りをうろついているんだ。エニッドがそいつを見て悲鳴を上げたんだが、聞こえなかったか?」

完全に目を覚ましたジャスパーは出し抜けに起き上がり、眼を細めてベッドの真上にぶら下がる裸電球を見た。

「いいえ。ぐっすり寝てましたからね。誰かがうろついているですって? 誰なんです? 探すのを手伝いますか?」

しかし伯父はベッドを離れてドアに近づき、乱暴に電灯のスイッチを切った。

「それには及ばないよ」と、廊下から声をかける。「もう大丈夫だ。君の様子を確かめに来ただけなんだ」

私はすっきりしない気分のまま、闇に包まれた廊下を行く伯父の後を追った。

隠れ家から出てみると月は西のほうに傾きかけ、その光が狭い空き地を明々と照らしていた。周囲にはモミの木が歩哨のように立ち並び、不気味な影を落としている。もう一つのコテージに近づいたとき、伯父が私の肩に手を置いた。

「落ち着いたかどうか確かめて、それからベッドに戻ろうじゃないか。その前にまず頭をすっきりさせておこう」

その一言で今までの出来事が走馬燈のように蘇った。

「レイナード・ロックで何があったんです？」私は訊いた。

しかし伯父が答えるより早くリトル・デンのドアが開き、ライフルを手にしたトレンチ氏のシルエットが現われた。こんな深夜にどういう獲物がいるというのか？

「誰だ？」その金切り声は震えていた。

「私だよ、エイブ」と、伯父が答える。

トレンチ氏は身体を震わせたまま、脇に寄って私たちを通した。

「誰かがうろついていると聞いたんでな。考えてもみてくれ、もう神経がボロボロだ」

緑のパジャマを着たエニッドは派手な色合いのブランケットに身をくるみ、さっきと同じくソファーに横たわっている。化粧かどうかはわからないが頬に赤みが戻っていて、青い瞳をいたずらっぽく光らせながら私たちに笑みを向けた。いつもの元気を取り戻したのは明らかだ。

「あら、クリフおじさま！　みんなして悲鳴の原因を突き止めようってわけね。あれじゃあ、ブタの鳴き声コンテストで優勝確実だわ――ごめんなさいね、大騒ぎして」

「眠りこけてた人間だっているよ」私は苛立ち混じりに言った。

「誰？」

「ジャスパーさ。今もいびきをかいて――」

そのとき、伯父がそばに寄ってきた。視線を逸らしながら、何も言うなという顔つきをしている。

「妙だな」デイヴィッドが口を挟む。「眠りは浅いほうだと聞いてたんだが。酒でも飲んでたのかな？」

その一言はどういうわけか奇妙に響いた。伯父も目を見開いている。

「酒だって?」伯父は繰り返した。「そうは思えんがな。なぜそう思う、デイヴィッド?」

「そうか、ご存じないんでしたね。ここに来てからずっと、隠れて密造酒を飲んでるんですよ。それも大量に。だって、クランフォードさん自身も酒を飲みますけど、ジャスパーがそんなに飲むなんて許すはずがない」

「そのとおりだ」伯父は頷いた。「どこで手に入れたんだろう?」

「さあ、わかりませんね」

伯父はその話題はそれきりにして、エニッドのほうを向いた。

「君が見た人間に心当たりは?」

エニッドの頬がまたも青白くなった。しかし青い瞳は光を失っていない。

「いいえ」

「君が知っている人間に似ていたか?」

相手は自信なさげに首を振った。

「どうかしら」と、考えるように答える。「そうかもしれないけど、カーテンをめくって、こちらを睨みつけているあの目を見た瞬間――」

「男だった、それとも女だった?」

エニッドは白い額に皺を寄せた。

「男だったと思います」その返事はさっきと同じく躊躇いがちだった。「だけど自信はありません」

「たとえそうでも、誰かを見たのは確かなんだろう?」

その問いに、エニッドは頬を真っ赤にさせた。

「ふざけて悲鳴を上げたとでもおっしゃるの？」

「そういうつもりじゃないんだ」伯父は言い訳した。「つまり悪い夢を見ていたとか、あるいは幻覚を見たとか――」

「幽霊ってわけですの、クリフおじさま？」

伯父はポケットのキャンディーミントを取り出そうと手を伸ばしたが、普段と違う服を着ていることに気づいて、なんとも決まり悪そうな顔をした。

「そう、幽霊と言ってもかまわない」その声はわずかに苛立っていた。「で、本当にそうだったのか？　血の通った人間じゃなかったのかね？」

エニッドは伯父の目を見つめたまま、無言でうなずいた。普段のいたずらっぽい表情は消え失せ、青い瞳も笑っていない。

このとき、それまで黙っていたジュリーが初めて口を挟んだ。赤い唇を歪めて大きくあくびをし、時計を見ながら一同に告げる。

「ねえ、みんな。もう二時半よ！」

伯父もエニッドから目を離して腕時計を見た。そして同じくあくびをしながらこう言った。

「もう寝たほうがよさそうだな。今夜はもう何も起こるまい。朝になったら気分もすっきりするだろう」

「私は眠れそうにないよ、クリフ！」と、トレンチ氏が反論する。「神経が昂ぶって――」

「それなら一晩中見張りをしてたらどうだ、エイブ？」伯父は冷笑混じりに言い返した。「女の子たちも感謝してくれるぞ」

「それはいい考えだ」トレンチ氏は伯父の皮肉に気づいていないようだ。「ともかくそうしよう。どうせ眠れそうにない」

私たちが去った後、エミリー・トレンチと少女二人は二階の自室に戻り、見張り役のトレンチ氏はライフルを握り締めたまま客間を不安げに歩き回っていたらしい。月明かりの中をビッグ・デンに戻りながら、デイヴィッドは同情するような笑みを浮かべて後ろを振り返った。

「あの気持ち、僕にもわかりますよ。どうお考えです、今までの出来事を？　このあたりに殺人犯がうろついているとお思いですか？」

しかし伯父がその質問につられることはなかった。部屋に戻ってからも私たち二人は伯父に水を向けてみたが、もう眠らせてほしいと静かに、しかしきっぱり言うだけだった。

「朝まで待ってくれ」

私は眠れないだろうと思いながら自分のベッドに入り、太陽とヒバリの鳴き声が朝の訪れを告げるまで、一時間ほど目を閉じて休むことにした。だからこそ、再び目を開けると太陽が光り輝いていて、時計の針が九時半を指していたことに驚いた。

朝寝坊を悔やみながら階段を駆け下りたところ、眠りこけていたのが自分だけではないことを知った。そこにはデイヴィッドはおろか、夜中に叩き起こされたジャスパーもいなかった。キッチンには腹にエプロンを巻いたクリフトン伯父がいて、ベーコンと卵の入ったフライパンを窓際のコンロの上で振り回している。そこから漂う匂いが否応なく空腹を思い出させた。

食事をしながら昨夜の件を切りだしたものの、伯父はあくまでそれを拒んだ。

「ノース・パイクに行く途中で話し合おうじゃないか。みんなが起きる前に出発したいんだよ。保安官と話をしたいんだ。いるかどうかはわからんが、いなかったら電話すればいい」

カブ号とフォックス号は船着き場につながれ、カブ湾の向こうできらめく白波を受けて揺れていた。その白波は東から吹く清風によって生じたものだが、それを見た伯父は浮かない顔で首を振った。

「またしても天気に影響を受けそうだな」と、カブ号に乗り込みながら口にする。「弾痕は後回しにしよう。まだ時間はある。まずは出発だ」

伯父はエンジンをかけると見事な腕前で船着き場から離れ、カブ号の舳先を湾の出口に向けた。レイナード・ロックに差しかかるあたりで、岸から呼びかける大声が聞こえたので振り向くと、パジャマ姿のデイヴィッドが私たちに声援を送っていた。他にはリトル・デンの窓の一つから白いものがはためいているだけで、人の気配はまるで感じられない。その部屋を使っているのはジュリー・トレンチのはずだった。

レイナード・ロックを過ぎたところで伯父はエンジンの回転を落とし、怪訝な顔をする私に笑みを向けた。

「もう少し待ってくれ。まずは調べてみたい」

そう言って舷側に身をもたせ、水面をじっと見つめる。私もそれに従って湖水に目を凝らしたが、きらめく白波が見えるだけだ。

そのとき、黒い影が私の注意を引いた。大声を上げて湖面を指差す。しかしすぐに、ただの船影であることに気づいた。

クリフトン伯父は起き直り、カブ号の手すりに穿たれた弾痕に指を入れ、何かを探すように走らせた。そしてスロットルを半分ほど進め、私を勇気づけるように頷いた。

その場を離れてノース・パイクへ向かう。湖の対角線上にあるそれはいまだケシ粒のように小さかったけれど、はっきりと見ることができた。その途中、伯父はこう言った。「さて、私の知っていることを話してやろう。ただし、どういうことかは見当もつかないがね」

「昨夜、何があったんです？ 僕たちを襲った奴だったんですか？ そいつは何をしていたんです？」

伯父は濃い眉をひそめ、言葉を選ぶように話しだした。

「私にもわからん。同一人物なのは確かだろうが、断言はできない。ほんの一瞬だが、懐中電灯の光ではっきり見えたんだよ。あそこまで銃の扱いに長けた奴を見たのは初めてだ。最初の一発は頭上の岩をかすめていった。それで身を伏せたところ、二人の男が目に入った。しかし顔までは見えなかった。それに――」

そこで伯父は口をつぐみ、湖の反対側に目をやった。カブ号は白波を蹴立てるように進んでいる。

「ケント」と、しばらくして再び口を開いた。「私が幻覚を見ているとか、あるいは視覚に問題があるとか、そういうことに気づいたか？」

私は目を見開き、口をあんぐりさせて首を振った。

「それならば、昨夜見たことを話してやろう」伯父は続けた。「いや、見たような気がしたこと、と言ったほうがいいな。懐中電灯を向けるとボートが浮かんでいて、男が二人いたのは話したとおりだ。ところがそのとき、舷側にしがみついてよじ登っている何かが見えたたんだ。そう、『何か』としか言いようがない」

そこまで話して伯父も首を振った。不快極まりない映像を消し去ろうとするかのように。

「まるで不気味な海獣だった」と、声を潜めて続ける。「水に濡れて光っていた――巨大で醜く、それでいて形がない。身に危険が迫らない限り銃を使うつもりはなかったが、それを見て本能的に引金をひいたんだ。あんな生き物は見たことがない。夢で見るような、常軌を逸した怪物だったよ」

私は思わず身体を震わせ、朝日を受けて青と銀色に光る湖面を恐る恐る振り返った。底なしと言われているこの水中こそが、かの恐るべき化け物――冷たい水の中で暮らし、夜な夜な悪事をはたらく海獣――の住みかなのか？

「それから？」私はしっかりしているとは言えない声で先を促した。

「それから」伯父が続ける。「ボートから銃を撃ってきた。誰か知らんが腕は確かだ。再びライトを向ける気にはならなかったね。何度か叫び声が上がっていたけれど、正体を突き止められるとは思えなかった。それからボートは湖の真ん中へ走り去った――」

「全然気づきませんでしたよ」私は言った。「リトル・デンに向かうことしか考えていなかったので」

「そうだろうな。さて、奴らはルーン・ハーバーか、少なくともそちらの方角に向かっていった」

「なら、カブ号のはずはないですね。一晩中ずっと船着き場につながれていましたから」

クリフトン伯父はキャンディーミントを口にしようとポケットに手を入れたが、なかったらしく眉をひそめた。

「もっと持ってくればよかったな。いや、この突端は木が茂っているけれど、ここには潜んでいない。きっとルーン・ハーバーに隠れている」

「そうでしょうか？」

「なんだと？　ああ、そうか――お前の言う意味がわかったよ。いや、最初の銃撃はジャスパーだったかもしれないが、二度目は違う。そうなると、二人の悪党か、あるいは少なくとも二艘のボートが関係しているわけだ。もちろん、そのどちらもジャスパーでない可能性はある」

「でも、弾痕はどうなんです？」

伯父は額に手を当てた。

「いや、忘れていたわけじゃない。むしろ忘れたいさ！　ただでさえ十分ややこしいんだ。戻ったらジャスパーと話をする――もちろん他の人間とも。しかし今はウッド保安官と連絡をとりたい。これまでの経緯を話せば、パーディーを逮捕して自白を引き出せるかもしれない」

私たちはノース・パイクに近づいていた。修理の済んでいない波止場がはっきりと見える。ヴィクスン号が突っ込んだ跡だ。その日は晴れわたっていたにもかかわらず、死者を乗せたボートが霧から現われ、猛スピードでこちらへ向かう光景が蘇り、思わず背筋が冷たくなった。

伯父は波止場にカブ号を横付けして残骸をよじ登った。ラフな身なりにかかわらず、その姿は実に堂々としている。私はそれを見て、髭を剃り忘れたことを思い出さずにはいられなかった。

「ここで待っててくれ、ケント」伯父は言った。「電話をかけなきゃならんだろうが、すぐに戻ってくる」

「ミントを忘れないでくださいよ！」と、私は伯父の背中に声をかけた。

伯父はその言葉に手を振ると、道路を渡って駅の角を曲がり、轍の残る道を上って小さな店に向かった。私はぼんやり眺めつつ、答えの見つからない疑問をとりとめもなく考えた。

昨夜の奇妙な出来事とウォーレン・クランフォード殺しとの間にはつながりがあるのだろうか？

あるとしたらどういうものか？　犯人はジェイク・パーディか、ジャスパー・コーリスか、それともエミリー・トレンチか？　あるいはその誰でもなく、赤の他人が列車の窓からクランフォード氏を射殺したのか？

私は頭を振って妄想を払いのけた。しかしすぐに、新たな疑問が脳裏に浮かんだ。

リトル・デンの玄関でエニッドを気絶させたのは誰なのか？　私の追跡を逃れた後、なんらかの理由で戻ってきたパーディの仕業なのか？　レイナード・ロックの上で、あるいはそのあたりの水面で、どのような企てが行なわれていたのか？　そしてクリフトン伯父の神経をかくも揺さぶったものの正体は？

私はこれらの疑問をいったん忘れ、聳え立つ崖に挟まれたルーン・レイクの湖面を振り返った。実に美しい光景だ。夏らしい青空の下、水面は青と銀色に光り輝いている。山の斜面に目を転じれば、薄緑の広葉樹林と濃緑のモミの木がエメラルド色の比類なきモザイク模様を作り上げ、湖面と見事なまでのコントラストをなしていた。

そこから傍らに視線を下ろすと、波止場の無惨な姿が見える。そのとき、白い何かが目に入った。波止場の下は砂地になっているが、私の手の届く範囲でそれが前後に漂っている。

海中に手を伸ばし、白い物体を水面に引き上げた。

それはリンネルのハンカチだった――青い縁取りのついた男物のハンカチで、水に濡れているものの汚れてはいない。その二つの角が結び合わされ、一つの輪になっていた。

第六章　荒らされた部屋

その重要性を見逃したのは、今考えても奇妙である。波止場の下に落ちていたハンカチを、私は一瞥しただけで放り投げてしまったのだが、実はそれこそが、正しく解釈さえすれば事件全体を解き明かす鍵となり得たのだ。しかしその時点ではさほど重要なものとは思わず、クリフトン伯父が戻ってきた五分後にはすっかり忘れてしまっていた。

伯父がゆっくりとした足どりでこちらへ戻り、何かを考えながら堤防を上って波止場の端で立ち止まる様子を、私は座ったまま眺めていた。そして伯父の最初のひと言によって、ハンカチのことは頭から完全に追い出された。

「警察はまたしてもジェイク・パーディー追いかけているらしい」

「またしても？　どういう意味です？」

伯父は波止場を横切り、ボートに乗った。

「保安官は奴を逮捕し、尋問のために拘留していた――」

「逮捕した、ですって？」私は思わず声を上げた。「だって、昨晩あいつを見たんですよ！」

「ああ、そう言ってやったさ」伯父の口調は平坦だった。

「どこにいるんです？　あの店ですか？」

伯父は首を振った。

「いや、直に会ったわけじゃない。電話で話しただけなんでね。今日パイクでは上位裁判所が開廷されている。放火事件があって、保安官は検察側の主要証人なんだ。午前中――あるいは今晩にも会うことで同意した。パーディーの追跡はビーン保安官代理が引き継いでいるらしい」

「パーディーは拘置所に入れられていたんですか？」

伯父は封を切っていないキャンディーミントの包みをポケットから取り出し、アルミ箔を破って一粒口に入れた。そして残りの入った包みを持ちながら、勝ち誇ったように別の包み二つを私に見せた。

「ミニーに倉庫を探してもらったよ。で、ようやく見つけたというわけさ。ミニーを忘れたのか？ほら、ジェイクの娘だよ」

私は驚いて目をぱちくりさせた。

「あれはジェイクの店なんですか？」

「ああ。言わなかったか？」

「伯父さんが言っていないことは、まだまだたくさんありますよ」と、私は皮肉を込めて言った。

「そうか、ジェイク・パーディの脱走だな？　ウッド保安官は、パーディーが食事に現われるのを待ち伏せして捕まえたそうだ。それからバイクのリアシートに乗せて、ノース・パイクに向かったらしい。ところがその途中、パーディーに頭を殴られて転倒し、森の中に逃げられた。それから奴の姿を見た者はいない――少なくとも保安官は見ていない。だがあいつのことだ、それも不思議じゃあるまい」

「拘留中に尋問はしたんですか？」私は一瞬考えてから訊いた。

「どの程度かはわからんがな。保安官はここからパーディーの家に直行したんだが、最近発射されたばかりのライフルを見つけたそうだ」

「でもパーディーは殺害を否定したんでしょう?」

「そのとおり」

「なら、ライフルのことをどう説明したんです?」

「鷹を撃ったと説明したそうだ」

「そこから発射された銃弾がクランフォードさんを殺したんでしょうか?」

「いや、銃弾は見つからなかったんだ。身体を貫通したのは間違いないが、ヴィクスン号が波止場に衝突した勢いから言っても、銃弾が船体にめり込んだかどうかを突き止めるのは難しいだろう」

伯父はエンジンに手をかけた。しかし私はもう一つ質問をぶつけてその手を止めた——昨日の午後からずっと頭の中で繰り返されてきた疑問である。

「クランフォードさんはじめ伯父さんたちが、パーディーに憎まれていたのはなぜなんです?」

伯父は顔を上げ、眠っているかのような集落に値踏みする視線を向けた。

「話は去年の夏に遡る」と、低い声で話しだす。「ウォーレンとミニーの間に何があったのかは、私もよく知らない。酒を持っていく父親に、ミニーが同行することはよくあったらしいがね。ともかく、ウォーレンが娘に色目を使っていると、ジェイクは思い込んだ。あの娘には素朴な魅力があるからな。そのことが事件と関係あるのかどうかは——」

「なんの酒を持っていったんです?」

「ああ、ジェイクはここでラム酒とジンを大々的に密造している——少なくとも当時はな。一方、ウォーレンはと言えば、お前もわかっただろうが大酒飲みだ――我々四人の中であいつだけだよ、あそこまで酒にのめり込んだのは。

それで気を悪くしたジェイクは、今すぐパイクから立ち去るようウォーレンに警告し、二人は喧嘩になった。ウォーレンは仕返しとして、ジェイクが酒を密造していると申し立てた。その結果、ジェイクは罰金を支払う羽目になった上、パイクの裁判所で執行猶予付きの判決を下された。それがトラブルの始まりさ」

「今年はどうだったんです？」私は一瞬間を置いてから尋ねた。

「さあね。だが突き止めたいことが一つある。ジェイクはトラブルメーカーの見本のような人間だが、白昼堂々ウォーレンを射殺したとは考えられないんだ」

私は伯父のパーディー評に心の中で同意した。さらに、殺人犯の正体に関しては自分なりの考え――ビッグ・デンに足を踏み入れて以来、徐々に形を成してきた考え――を持っている。しかし自分からそれを口にするつもりはなかった。

伯父は再びエンジンに手をかけた。

「さあ、戻ろう」そのひと言とともにボートは波止場を離れ、湖面を滑らかに進んでいった。伯父は目をすがめて空を眺めている。

「また嵐になるらしい。今日の天気は、我々ニューイングランドの人間が『暴風雨の前の好天《ウェザー・ブリーダー》』と呼ぶほどの快晴だな」

私は半ば疑いながら雲一つない青空を眺め、明るい陽射しと涼しいそよ風を受けて光り輝くルーン・レイクの湖面に視線を移した。伯父の不吉な予言が的中するとは、どうしても思えない。しかし、伯父が正しく自分が間違っていることを知るのは、これが最初でも最後でもなかったのである。

「つまり、ジェイクが犯人だとは思っていないのか?」

その質問に私は虚をつかれた。

「ええ」と、わずかに顔を赤らめながら頷く。

「誰が犯人だと思う?」

「ジャスパーでしょう」私は即答した。

「なぜ?」

私はその問いかけの意味を考えてから答えた。

「まず第一に、上司のクランフォードさんを嫌っていた」

「なぜそう言える?」

「正確なところはわかりません。しかし殺害の知らせを聞いても、さして動揺したようには見えませんでしたから」

伯父は敬意らしきものを目に浮かべた。

「いいところを突いている。決定的とは言えんがな。ジャスパーがウォーレンに敬意を抱いていなかったのは本当だ――仕事をして給料を貰うだけの関係さ。ジャスパーは自分を必要不可欠な人間とし、十分な給料――十分すぎる給料だが――を得ていた。しかし個人的な関係になると――まあ、一種の近親憎悪だな」

伯父はそこで言葉を切り、私に鋭い視線を向けた。

「それ以外に根拠は?」

「一人で湖に出かけたでしょう。霧の中なら――」

「それはエミリーも同じじゃないか。彼女もボートに乗って一人で出かけていった。それに以前、ウォーレンと関係があったなら――」

伯父はまたしてもそこで話を区切り、近づいてくるボートに手を振った。見るとフォックス号で、エニッドが操舵輪を握っている。風を受けて赤毛が顔にまとわりついていた。船尾にはサーフボードが繋がれ、義兄のデイヴィッドが直立している。水着を着たその姿は現代版のギリシャ神さながらで、サーフボードを引っ張るロープさえも邪魔な様子だ。

二人は私たちに手を振り返した。エニッドは円を描くようにボートを大きく旋回させ、私たちの船尾を横切って速度の遅いカブ号を抜かしていった。デイヴィッドは上体を前に傾け、飛び石の如く左右に跳ねるサーフボードの上で均衡を保っている。

するとデイヴィッドはロープを摑み、見事なスタントを演じだした。両手でロープを交互にたぐり、ボートの立てる白波に身体を引き寄せる。そして船尾からわずか数ヤードのところまで近づき、そこでさっと両手を離した。私は思わず息を呑んだ。

行き先を失ったサーフボードは、ロープが鞭のようにしなるのに従って上下に跳ねている。しかしデイヴィッドはその激しい動きにもかかわらず、見事にバランスをとりながら立ち続けていた。両足とサーフボードが接着剤でくっついているかのようだ。

「どうだ、大したものだろう?」伯父は称賛するように言った。見ると、フォックス号は轟音を上げてカブ湾に向かっている。「生まれつきのスポーツマンなんだ。それにまだ一年生だというのに、三科目も専攻している。聡明で人柄もいい――マックスと同じさ。それでいて父親のようにエキセントリックなところは何一つない。母親からよき性質を受け継いだんだな」

「そう言えば、プレンダーギャストさんも結婚していたんですね」

伯父の顔に暗い影がよぎった。

「離婚したのさ。相手はオハイオ出身の娘――赤毛の娘だった。それがエニッドの母親だ。結婚は五年も続かなかったが、彼女は最近再婚したと聞いている。ああ、気の毒なのは夫なるかな！」

「でも、エニッドの名字はプレンダーギャストですよね？」

「継父の名字に変えたんだよ。また離婚したとき、マックスはデイヴィッドの親権も勝ち取った。エニッドは実の息子以上に親孝行していたらしい――と言っても、デイヴィッドが不肖の息子というわけではないがね。妻が去ったとき、マックスは二人に年金という形で財産分与を行なった。コレクションに金を費やすよりはむしろそのほうがいい。それにマックスは賢いだけでなく、いつも運に恵まれてきた。初版本のコレクションは五十万ドルで売れたはずだよ。プレンダーギャスト・コレクションのオークションについては、お前も新聞で読んだだろう」

伯父は取り止めのない話をして頭を冷やそうと、事故死した学友のことを語ったのだろう。伯父が横に放った新聞を私は機械的に手に取り、スポーツ欄を開いた。ブレーブス対カブスのダブルヘッダーが気になっていたのだ。

そのとき、ノース・パイク発の記事が目に入ったので、私は思わず声を上げた。

「この人たちですよ！」

「誰だって？」

新聞を伯父に手渡し、記事を指差す。それはガヴァナー・エンリコット号沈没の公式調査に関するもので、内側のページの一番下に載っていた。

公共事業委員会の特別代理人、N・J・サンダース技師は現在もこの地を本部として、悲劇の原因を突き止めるべく全力を挙げている。最終的な責任の所在を明らかにし、司法の場に立たせるためにはいかなる費用も惜しまない旨、サンダース氏は本日改めて表明した。氏は昨夜ルーン・ハーバーに向けて出発し、そこで調査を継続するという。


「おわかりですか？」文章を読み終えて不思議そうな表情を向けた伯父に対し、私はそう問いかけた。

「なんのことだ？」

「決まってますよ、サンダースのことです！　あいつの他に誰が――」

「夜中に武器を持って湖をうろついていたのか、ということか？」伯父は反論した。「サンダース技師には近づく者を手当たり次第射殺する権限が与えられていた、とでも言うんじゃなかろうな？」

私は再び新聞を手に取り、できる限り平静を装って記事に没頭した。私の言葉の馬鹿さ加減は段々と明らかになった。ほんの少し顔を赤らめながら目を上げると、ボートはカブ湾の入り口に近づいていた。

伯父は親切にも無言を通してくれたけれど、私の狼狽を増すばかりだった。エンジンを再び切り、舷側から身を乗り出して水中に目を凝らす。なんらかの理由でそこに惹きつけられているのは確かだ。

「何か見えますか？」

伯父は視線を動かさず、ゆっくりと首を振った。

「いや、見えない」

そのとき、どういうわけか、誰かに見張られている気がした。

顔を上げて周囲を見渡したものの、イースト・マウンテンの麓沿いにボートが並んでいる他、湖に船は一艘も見えなかった。湾の奥に見える大小二つのコテージにも人はいないようだ。フォックス号は無人のまま船着き場に繋がれている。それでもなお、見えざる視線が私たちに向けられている感覚は拭えなかった。

自分の疑念をそっと伝えたところ、今度は伯父が熱心にあたりを見回し始めた。

「気のせいだろう、ケント。ただ正直に言うと、私もさっきから同じ感覚がしていたんだ。なぜかは――」

伯父はそこで口をつぐみ、ボートが白波を受けて前後左右に揺れる中、再び湖面に視線を落とした。そして何一つ言わぬままエンジンをかける。しかし驚いたことに、向かったのはルーン・ハーバーの方角だった。

「戻らないんですか？」私は訊いた。

伯父は再びキャンディーミントを口に含み、首を振った。

「ああ、まだだ」

強く言い切るので、私はそれ以上何も訊けなかった。

昨日の午後、ノース・パイクから見たルーン・レイクの第一印象があったからか、ルーン・ハーバーは喜ばしい驚きを私にもたらした。そこは人で賑わう夏の避暑地で、三軒のホテル、二件の喫茶店、薬局、湖畔のダンスホール、電報局、そして海水浴場があり、板張りの遊歩道の両側にはコテージが立ち並んでいた。

伯父が最初に向かったのは新聞社の事務所で、沈没事故が載っているボストン各紙のバックナンバーをどうにか掻き集めた。また前の週に発行された地元紙『パイク・アドヴォケイト』の写しも手に入れる。その一面は事故に関する詳細な記事で埋め尽くされていた。

私は戸惑ったものの何一つ言わぬまま、伯父の後に続いて今度はウエスタン・ユニオンの事務所に入った。狭い室内には若い男が一人座っていて、私たちを見ると片脚を引きずりながらカウンターに近づいた。

「ブレントウッドさん！」と、若者は声を上げた。「またお会いしましたね！」

「やあ、ビル！」伯父は同じく心を込めてそう言うと、相手の手を握った。「私宛ての電報は来てるかね？」

ビルと呼ばれた若者は首を振った。

「いいえ、一通も。届く予定なんですか？」

「そうなんだ」その言葉に私は密かに驚いた。「多分これからだろう。届いたら保管しておいてくれ。それと、コーリスが昨夜電報を持ち込んだはずだが」

「ジャスパー・コーリスのことですか？　僕は見ていませんよ。ここに来てるんですか？」

「クランフォードが死んだので、何通か電報を送るつもりだったんだよ。気が変わったんだな。昨日、君は何時までここにいた？」

ビルは一瞬考えた。

「八時半、それより遅いかもしれません。ボストン・ジャーナルの人間が八時五分前に来て、長話をしていったんですよ。忌々しいったらありゃしない。それに十分か十五分くらい、ボストンと連絡が取れなかったんです。だからここを出たのは八時半を過ぎていたはずですね」

「これから何日間かは、それより遅い時間まで残ることになるかもな」伯父は謎めいたことを言った。「また会おう」

私は外に出るのももどかしく、伯父に訊いた。

「あれはどういう――?」

しかし伯父は私の口を手で塞いだ。顔も真剣そのものである。

「後で話す。まずは手紙が先だ」

ルーン・ハーバー郵便局はなんと個人宅の応接間を仕切って設けられた一角だった。伯父はそこで局長の温かな出迎えを受けた。その人物は皺だらけの小柄な老人で、コメディー映画でしか見られない口髭を生やしている。両端はセイウチの牙のように、口の上に垂れていた。

「デン宛ての郵便は届いているかい、チェット?」と、挨拶を済ませた伯父が訊いた。

チェット・パトナム局長が首を振ると、顎のあたりで口髭が揺れた。

「今朝プレンダーギャスト君が差し出しに来たぞ。妹さんと一緒にな。束のような手紙だったよ、まったく!」田舎の郵便局長は誰しもこう述べる特権を有しているのだ。「ここにはいつ来たのかね?」

「昨日の午後だよ」

「それじゃあ、クランフォードが撃たれた時間じゃないか!」局長は濁った青い瞳を輝かせて声を上げた。

「そのとおり」

「恐ろしい、まったく恐ろしい事件だ！　いったい誰の仕業かね？」

「わからないよ」伯父はそう言うと、郵便局を後にすべく振り向いた。

　パトナム局長は慌てて椅子から立ち上がり、ドアのところまで私たちを追いかけた。

「昨日の午後、あいつと会ったばかりだったんだよ」と、ぺらぺら勝手に喋りだす。「手紙を出しに来たのさ。撃たれる三十分前のことだ。ハンターの仕業かね、それとも誰かが故意に殺したのかね？」

　私たちが木のステップを下りて通りに出た後も、局長はポーチの手すりから身を乗り出していた。

「あいつはいい奴だった――実に素晴らしい男だった！」ひび割れた声が背後から聞こえる。「へらず口を叩くこともあるが、それでもわしらは仲が良かったんだ。それがまさか――」

　通りを半ブロックほど進んだところで最後にもう一度振り返ると、局長はいまだ残念そうに手すりから身を乗り出していた。年老いた顔の左右に張り出した口髭のせいで、表情が奇妙に歪んでいた。

　伯父は好奇心と同情の混じった笑みを浮かべた。

「かわいそうなチェット！　ここに来ると時々あの郵便局を訪れて、チェットにお喋りさせているんだ。しかし、今日は耳を傾ける気になれない」

　最後のひと言は、さっきの忌々しい発見を思い出させた。しかし私は伯父の指示を守り、カブ号が波止場から十分離れるまで口をつぐんでいた。

「つまり、ジャスパーはルーン・ハーバーに来なかったんですね？」と、辛抱しきれず声を上げる。

　伯父の表情は真剣そのものだった。

「そのようだな、ケント。本当に来てなかったのなら――」

そこで言葉を切り、弾痕の残る手すりに触れた。

「あれがジャスパーだったのか、私は今でも疑問に思っているんだ」伯父は率直に言った。「しかし昨夜ウエスタン・ユニオンの事務所に行かなかった事実以外にも、説明の必要なことがいくつも見つかった。戻ったら彼と話し合うつもりだ」

「他に何を見つけたんです？」私は先をせっついた。

すると伯父はキャンディーミントを口にしてから答えた。

「まず一つ、昨夜、自室で熟睡している振りをしたのはなぜかを知りたい」

「振り、ですか？」

伯父は自信たっぷりにゆっくり頷いた。

「瞳孔を見てわかった。部屋に入って明かりを点けたとき、我々と同じく寝ていないことは明らかだったよ。それに服も脱いだばかりだった——」

「どうしてわかったんです？」私は信じられない思いだった。

「温かかったんだよ。触ってみるとまだ体温が残っていたのさ。パジャマに着替えた直後だったに違いない」

「エニッドはジャスパーを見たんだ！」私は思わず声を上げた。「リトル・デンに現われたのはあいつですよ！」

伯父のすくめた肩が答えを語っていた。

「そうかもな。あるいはパーディーかもしれない。目的まではわからんが」

「ジャスパーだとすると、そこで何をしていたんでしょう？」私はさらに尋ねた。「それからビッグ・デンに戻り、ベッドに潜り込んで寝ている振りをしたのはなぜなんです？」

しかしそれは伯父にとっても無理な質問だった。

「私にもわからないよ。しかし疑問はまだまだある。なぜ昨日の午後、釣りに出かけたと嘘をついたのか？　弾痕がボートにあったのはなぜか？　彼を犯人と名指ししたとき、エミリーが気絶したのはどういうわけか？」

それから伯父は首を一振りし、波立つ湖面にカブ号を進めていった。

時間は正午近く、ボートは白波に合わせて上下を繰り返している。しかしイースト・マウンテンが東風を遮る湾の入り口へと近づくにつれ、白波は低くなりボートの数も減っていった。カブ湾の向かいに広がる湖面は穏やかで、右舷に聳える花崗岩の崖から吹き下ろす突風が、時おり湖面にさざ波を立てるだけだった。

「フォックス号はどこでしょう？」船着き場が目前に迫ったとき、私は口にした。「サーフボードを続けているんでしょうかね」

伯父も湖面を見渡した。

「だろうな」その表情は輝いている。「まったく、熱中するにも程がある。スポーツは数多くこなしているはずなのに、きっと初めての体験なんだろう」

「腕は大丈夫でしょうか？」

「治りが早かったのさ。出血こそひどかったけれど、銃弾は皮膚をかすめただけだからな。ともあれ完全に回復したんだよ――そうでなければ、あんなことは無理なはずだ」

そのとき、伯父の視線がボートの底にあるハンカチに落ちた。それを何気なく爪先で触れる。

「お前のか？」

　私はハンカチを拾った場所を説明した。すると伯父はずぶ濡れのハンカチを拾い上げ、興味深げに観察した。

「不自然なところはなさそうだ。しかしよくわからん。どうして輪になっているんだろう？」

　そう言って脇のポケットにハンカチをしまった。

「これも午後になったら調べてみよう。事件とつながりがあるかもしれんからな。この先は騒ぎも起きないだろうし、ぜひとも真相を突き止めてやろうじゃないか」

　しかしその期待は見事に裏切られた。船着き場に着くと、アベル・トレンチ氏が待ち構えていた。蒼白な顔面をひきつらせ、頭頂部に残った一房の髪が天を向いている。

「誰かがリトル・デンの貯蔵庫に忍び込んだ！」トレンチ氏は興奮して金切り声を上げた。「窓を上げて中に入ったんだ！　食料がごっそり消えているぞ！」

第七章　湖底の「何か」

　その日の昼食は消えた食料の話題でもちきりだった――ちなみに言えば、前夜の夕食以来、全員が一堂に会したのもこれが初めてである。そして、ジェイク・パーディーこそが食料盗難の犯人だということで意見は一致した。

「あのジジイに決まってるわ！」と、エニッドが上品とは言えない言葉で強く主張する。何か口にするたびに顔をつんと上向け、首筋のあたりで赤毛のカールが揺れていた。「昨日の夜、私を死ぬほど驚かせたのもあいつよ！」

「つまり君は――奴が今も、この辺りをうろつき回っていると？」トレンチ氏が甲高い声で言った。

「だとしてもおかしくはありませんね」デイヴィッドが代わりに答える。「午後になったら僕たちでパトロール隊を組織して、まわりを捜索してはどうでしょう？」

　しかしこの提案に賛成する人間はいなかった。いつもの無気力状態から目を覚ましたジュリーが、真っ先に反対する。

「馬鹿なこと言わないで、デイヴィッド。今もこのへんにいるって言うの？　そんなに間抜けじゃないでしょ。昨晩、ケントに姿を見られているんだから――」

「そうね。だけど戻ってきてるかもしれないわ」と、エニッドが反論する。

「間違いないな」ジャスパーも同意したが、不自然なほど早口だった。

このとき、それまで黙っていたクリフトン伯父がエニッドのほうを向いた。

「君が見たのは確かにジェイク・パーディーだったかい？」

エニッドは一瞬躊躇ってから、さっきよりも自信のない口調で答えた。

「はっきり言い切る自信はないんです、クリフおじさま。きっとそうだと思っただけで。だけどあのときは——つまり昨夜ですけど——あいつだなんて考えもしませんでした」

「じゃあ、誰だと考えたのかね？」と、トレンチ氏が割り込む。

「そんなのわからないわ！　見覚えはあるんだけど、誰かはわからない。考えれば考えるほど、知ってる人に違いないと思えるの」

そのとき私は、ジャスパーの顔から視線を逸らせ、伯父の顔を見ずにはいられなかった。その冷静な表情から、私たち二人が抱いている疑いは読み取れない。

「それは残念だな、エニッド」と、キャンディーミントを取り出しながら口にする。

「ごめんなさい、クリフおじさま」エニッドはそう言いつつ片手を差し出した。

伯父は笑みを浮かべてミントの包みを彼女に放った。それは次々と手渡され、最後には一つもなくなってしまった。伯父の左に座るエミリー・トレンチが媚びるように謝った。昨夜自分を疑ったことはすっかり許したようである。

「大丈夫だよ」伯父は言った。「ポケットにあと二つ入っているからね」

「もう切らさないでくださいよ」デイヴィッドはそう言ってニヤリと笑みを浮かべ、椅子から立ち上がった。「さて、森の捜索に行きたい人は？　誰もいないなら湖に行くのはどうです？」

「またサーフボードね！」ジュリーが椅子にもたれてため息をついた。「よく飽きないわね？」

「ここに来てまだ一週間だよ」と、デイヴィッドが言い返す。「飽きるなんてとんでもない！」

するとジャスパーが伯父に尋ねた。「午後もカブ号をお使いになりますか、ブレントウッドさん？　もしお使いになるのなら、フォックス号でデイヴィッドとルーン・ハーバーに行きたいんですよ。ちょっと用事があるもので」

「ああ、カブ号を使うつもりだよ」伯父は答えた。「だが出かける前にちょっと話をしたいんだ。ところで、デイヴィッド——今朝、郵便局に行っただろう？　私宛ての手紙は届いていたかね？」

デイヴィッドは一瞬ぎょっとしたが、すぐに満面の笑みを浮かべた。

「チェット・パトナムとお会いになったんですね？　そうじゃなければ超能力者ですよ。いいえ、ブレントウッドさん宛ての手紙は届いていませんでした。たぶん、ここにいらっしゃることを知らなかったんでしょう」

「まあ、今は知ってるがね。午後行ったときにもう一度訊いてもらいたい。では、もう行ったらどうだ？　しばらくしたら戻ってきて、ジャスパーを拾ったらいい」

「エニッド、君もジュリーと一緒に来ないか？」デイヴィッドの口調は明るかった。

同じく湖が好きなエニッドはさっと立ち上がった。しかしジュリーは疲れたようにため息をつき、遠慮しておくわと言った。その間何かを伝えるようにこちらを盗み見ていたので、私は少なからず驚いた。誰もいなくなった後、二人きりで話をしようというのか？　ともかく、その視線になんらかの意味が込められているのは間違いなかった。

「ジャスパー、ちょっと私の部屋に来てくれ」伯父が立ち上がりながら言った。「ウォーレンについて訊きたいことがあるんだ。ケント、お前にも来てもらいたい」

青ざめた顔に不機嫌な表情を浮かべたままのジャスパーが、私たちの前に立って階段を上った。伯父は楽しげにあれこれ喋りながら私たちを自室に入れ、その後ろから鍵をかけた。そしてポケットに鍵をしまい、故ウォーレン・クランフォード氏の秘書に顔を向ける。しかし、つい今までの親密さは完全に消え失せていた。

「さて、ジャスパー」と、ぶっきらぼうに口火を切る。「率直に訊くから正直に答えてもらいたい。本当のことを話してもらえるかね？」

ジャスパーは不機嫌そのものの表情を崩さず、身体を横向けて椅子に腰かけた。

「ええ、もちろん」と、呟くように答える。「何を訊きたいんです？」

「電報を送ったと私に嘘をついたのはなぜだ？」伯父の口調は辛辣だった。

「嘘ですって？」

「とぼけるんじゃない。電報局なんか近づいてもいないだろう！」

「電報局から送ったと誰が言いました？」ジャスパーが反論する。

「違うのか？」

「ええ」

「なら、どういうことだ？」

「電報局が閉まってたので、電話で伝えたんですよ」

「向こうに着いたのは何時だった？」伯父はなおも問い詰める。

「わかるわけないでしょう」

「八時は過ぎていたか？」

「そうかもしれません」

「八時半は？」

「たぶん。時間など気にしませんよ」

「七時四十五分から八時半までどこにいた？」伯父は一言一言を強調するように訊いた。この技術で口の重い証人から数多くの証言を引き出したのである。

「わかるわけがありません」相手は弱々しく反抗しながら、同じ答えを繰り返した。「湖の上だったと思いますよ。なぜです？」

「八時ごろ、私の銃弾が命中したのはカブ号だったか？」

私たち二人が驚いたことに、ジャスパーはかすかに笑みを浮かべた。

「いいえ。ただ、あなたがぶつかったのはカブ号でしたよ！」

驚きに満ちた沈黙がしばらく続いた。ジャスパーの顔を見つめている伯父さえも、一瞬言葉を失った。

「あそこで何をしていたんだ？」と、伯父がようやく訊いた。

「うろつき回っていただけです」

「君も調べに出たのか？」

「そんなところですね」

伯父の表情が引き締まる。

「では、その話を聞かせてもらおう」

ジャスパーは不安げに身じろぎしながら爪を噛んだ。

「妙に思われるのは確かですがね」と、話を始める。「湾から出たとき、レイナード・ロックに繋がれているあのボートを見たんですよ。最初はスティーヴ・ラムズデル――ご存知でしょう、ここの隣人です――のウィタモー号かと思いました」

伯父は頷いた。

「声をかけたけれど、返事がありません。しかしウィタモー号に違いないと思い込んでいたので、スティーヴにいたずらを仕掛けてやろうと考えたんです。それでウィタモー号を回り込んで湖に入り、エンジンとライトを切ってボートを漂流させたんですよ。

この風向きならウィタモー号の横を通り過ぎるはずだと考えました。スティーヴがそこにいれば――つまり船内にいたのなら、明日そのことでからかってやろうと思ったんです。懐中電灯をお点けになるまで、あなたたちには気づきませんでした。いや、気づいてからも確信は持てませんでしたよ。何せ離れてましたからね。

すると銃声が聞こえたので、ギクリとしました。エンジンをかけようとしたところ、手すりに銃弾が命中したのを感じたんです。ちょうどあなたとボートを結ぶ線上にいましたからね。あなたが撃ったうちの一発に違いありません。

私は急いで立ち去りました。弾痕が喫水線の下かどうかなんて考えもしませんでしたよ。幸いにもそうではありませんでしたけどね。昼間の殺人が頭にあったので、それですっかり――恐ろしくなったんです」

「助けを求める我々の声は聞こえたか？」

「いいえ」ジャスパーは呟いた。

「戻ったとき、そのことを言わなかったのはなぜだ？」

ジャスパーは伯父の攻撃に再び身じろぎした。

「巻き込まれはしないかと思ったんですよ」と、一見正直に相手は認めた。「黙っているのが一番いいと判断したんです。とにかく、私は何も――」

「ボートはよく見えたか？」

「いいえ。月がまだ出ていなかったので」

「それなら、ウィタモー号だと判断したのはなぜだ？」

「一目見てそう思っただけです。きっと違っていたんですね」

「ボートがそこで何をしていたか、心当たりは？」

「いいえ、全く」

本当かどうか疑わしいジャスパーの話を伯父が静かに受け入れるので、私は少なからず驚いた。こちらとしては、ジャスパーがなんらかの形で関係しているとますます疑いを強めていたのである。しかし伯父はキャンディーミントの包みを破るだけで、疑う素振りは見せていない。

「さて」わずかに間を置いてから、伯父は質問を再開した。「昨晩の件について訊きたいことがある」

ジャスパーの青白い顔が仮面のように固まった。黒い瞳だけが何かを隠しているかのように光っている。

「昨晩のどういうことです？」

「リトル・デンのまわりをうろついていたのはなぜだ？」

相手は眠たげな瞼を一度だけ瞬きさせた。

「それは言えません」

「エニッドが見たのは君の顔だったのか?」

ジャスパーは咳払いをし、「ええ」と言った。

「なぜそこにいた?」

「お答えできません」

「答えるつもりはない、ということか?」

無言のまま唇を舐めるジャスパーに、伯父は素早く上体を寄せた。

「では」と、たたみかける。「昨日の午後に我々が到着するまで、君は湖で何をしていた?」

「釣りですよ」

「ずっとか?」

「ええ」しかし、それが嘘であることは私にもわかった。

「ヴィクスン号を見たか?」

「いいえ」

「ウォーレン・クランフォードを撃ったのは君か?」

「いいえ」

「証明できるか?」

ジャスパーは躊躇った。

「ええ――どうしても、とおっしゃるならね!」と、反抗心を剝き出して答える。

「つまり法廷でか?」

「法廷でもどこでも出ようじゃありませんか！　言ってるでしょう、私ではないと！　そんなこと立証できるわけがない——何万年かけてもね！」

伯父は青い瞳を輝かせながら、細長い人差し指を相手の青白い顔に突きつけた。怒鳴りこそしなかったけれど、一言一言を区切るように発せられる静かな声は、圧倒的な説得力を持っていた。

「ウォーレン・クランフォードは私の親友だった。学生時代、ウォーレンとマックス、エイブ、そして私は〝四匹のキツネたち〟を名乗っていた。いかなるときも互いを守ると誓い合ったのは二十年以上前のことだが、私の知る限り、四人ともその誓いを守り通したんだ。

私はウォーレンの私生活に立ち入るつもりはない。学生時代も今も、聖人君子ではなかったけどな。それは君も知っているはずだ——たぶん私以上に。だが、あいつが殺された今、私は犯人を突き止めて法の裁きを受けさせるつもりだ。

私は君を犯人扱いしているわけじゃない。それは他の人間についても同じだ。ただ真相を突き止めようとしているに過ぎない——それは絶対に成し遂げるつもりだ！　ジャスパー、もし何かを知っているなら、今すぐ言ったほうがいい。証言台で語るよりも、ケントと私がいる今この場所で——」

伯父の容赦ない攻撃の前に、ジャスパーの精神は参ったらしい。震える手を上げて弱々しく反論するだけだ。

「私じゃありません、ブレントウッドさん！」と、はっきりしない声で呟く。「神に誓って違います！　証明だってできますよ。それは——それはただ——」

ジャスパーはもはやしどろもどろになっていた。額には玉のような汗が浮いている。

「続けるんだ！」伯父が厳しい声で命じる。「どうやって証明できる？」

「エミリーですよ！」

「エミリー・トレンチか？」伯父はまさかといった口調で訊いた。

「そうです」

「どうやって？」

目の前の哀れな秘書は唾を飲み込んだ。

「あの人――あの人もボートに乗っていたんです！」そう呟く様は同情を催させるほどである。

「どのボートだ？」

「カブ号です」

「しかしあれは――」

「あれは？」

「君たち二人は、別々のボートで出かけたんじゃないか？」

ジャスパーは無言で頷いた。それは確かに嘘でないように思えた。事実、秘密を明らかにした今、わずかながら落ち着きを取り戻している。

「そうやって落ち合おうと決めていたんです。旦那に気づかれないよう、別々のボートで湖に出ることにしたんですよ。湾を進んでパイニー・ポイントを過ぎたとき、ヴィクスン号が追い抜いていきました。ものすごい騒音だなと思ったことは覚えています。岸に近いところを進んでいたので、こちらのボートに気づいたかなと考えました。霧はとても厚かったけれど――」

「私の質問に彼女が気絶したのはそういうわけだったのか」と、伯父は半ば独り言のように言った。

すると、ジャスパーは目を大きく見開いた。

「気絶したですって？　そんなことは言ってませんでしたよ！　トレンチ氏に疑われたらどうしよう！　まさか、ばれてませんよね？」

伯父は心ここに在らずといった様子で首を振った。青い瞳は曇り、遠くを見ているようだ。ジャスパーは額の汗を拭い、伯父の腕を摑んだ。

「ブレントウッドさん、私のせいじゃないんです！」と、涙ながらに声を上げる。「あの人が最初にちょっかいを出してきたとき、こちらもからかったのは本当です。そのときはスティーヴ・ラムズデルとこっそり出かけようとしていて――ポートランドでラムズデルに惚れ込んだらしいんですよ。だけど、彼女があそこまで真剣だとは思ってもいませんでした。こっそり抜け出して二人きりになろうと、彼女はいつも私に言ってきました。神経質で興奮しやすい――つまり感情的な女性でしょう、だから何をしでかすかと不安で仕方なかったんですよ！　このゴタゴタから抜け出せるならなんでもします！」

私はジャスパーの泣き言に嫌悪を覚えた。不潔以外の何物でもない。その一方で、別の考えが頭に浮かんでいた。ジャスパー・コーリスは真実を語っているのだろうか？　このつまらぬ告白は、より大きな罪を隠すためのものではないか？

「昨夜、彼女は私に会おうとリトル・デンを抜け出ることになっていました。私は階段を下りるエニッドの姿を見て、エミリーに違いないと思い込んだんです。だけど、こちらを見て悲鳴を上げたので――」

そこで再び額を拭う。伯父は無表情のまま顔を近づけた。

「そうだったのか」全く無慈悲ではない口調だ。「君もほっとしただろう。同じことはもう起こらないから大丈夫だ。しかし忠告しておくが、エミリー・トレンチにはもう近づくな」

「ええ、近づきませんとも！」ジャスパーは立ち上がった。「彼女にも私に近づかないよう言ってくださいよ！　これからはおとなしくしています。もう神経の限界ですよ。このことが誰かにばれたら――」

伯父の目が再び険しさを増した。

「私は他人のスキャンダルに興味はない」ぶっきらぼうな口調だ。「興味があるのは、クランフォード殺しの犯人は誰か、だけだ。君があの事件に無関係なら、何も心配することはない」

ジャスパーを部屋に残してドアを閉めた伯父はゆっくりと窓のほうを向き、日光の降り注ぐ森を見つめた。

「さて、ケント」と、しかめ面で声をかける。「これで色々とはっきりしたな」

「彼の言うことを信じるんですか？」私は思わず言った。

「大部分はな。お前には信じられなかったか？」

「確かに、もっともらしいとは思いました。だけど一から十まで真実とは思えません」

「しかし、簡単に証明できることもある」

「と言うと？」

「電話の一件だよ。ルーン・ハーバーに行ったら確かめよう。おや、あれはフォックス号じゃないか？」

階下のポーチに出ると、フォックス号が水面を泡立てながら波止場に近づくところだった。船を操っているのはエニッドである。背中の大きく開いた緑の水着を着ており、まるで少年のようだ。船着き場の端でうつむき加減に日光を浴びていたジュリーが、物憂げに手を振り返した。

デイヴィッドがサーフボードを切り離してフォックス号に上る。エニッドは波止場に飛び上がると、私たちにも手を振った。

「もうくたくたよ！」

彼女がリトル・デンのほうへ歩いてゆくと、森の中からジャスパーが姿を見せた。その向こうには草に覆われた小道があって、ラムズデルのコテージに通じている。その顔はいまだ青白く、身体も震えているように見えたものの、彼の態度には名状しがたい反抗心らしきものが見て取れた。ほんの少し外出しただけで、すっかり元に戻ったようである。

ジャスパーは不機嫌そうに私たちを一瞥すると、ボートに乗り込んで操舵輪を握った。フォックス号は波を立てて後退し、向きを変えて湾を遠ざかっていく。デイヴィッドがジュリーに投げキッスをしたが、相手は何一つ反応しなかった。実際、闇に覆われたかのような数日間を救いあるものにしたのは、衰えを知らぬデイヴィッドの快活さだったのである。

視界から消えゆく二人の姿を見つめていた伯父が出し抜けに振り返り、問うような視線を私に向けた。

「ダイビングは得意か、ケント？」予期せざる質問が飛んできた。

「ええ、それなりに。なぜです？」

しかし伯父は理由を説明せず、こう言うだけだった。

「カブ号で出かけよう。水着に着替えるんだ」

私はシャツとズボンを脱いでジャージとトランクスを身につけた。すると湿っぽい冷たさを感じ、伯父が昨夜見たという「何か」を否応なく思い出した。

幻覚だったのは間違いない――暗い水面に潜む不気味な化け物だなんて。だとしても――震える歯を食いしばって階段を駆け下りる。クリフトン伯父の目的は今や明らかだったけれど、私はこれっぽっちもありがたいとは思わなかった。

ジュリーは相変わらず船着き場の端で日向ぼっこをしており、姿を見せた私に流し目を送った。

「水浴びに行くの？」と、物憂げな声で尋ねる。「パイニー・ポイントの近くにいい砂浜があるわよ」

「いや――そうじゃないんだ」私はいくぶんまごつきながら答えた。

視線を逸らすと、相手は射抜くような瞳を向けてきた。

「それじゃあ殺人犯を探しに行くのね？」

否定はしたけれど無駄だったに違いない。ジュリーの鋭い視線にますます落ち着きを失った私は、伯父を心から待ちわびた。ルーン・レイクの冷たい水中から何を見つけ出すというのか？　ウォーレン・クランフォード殺しの犯人でないことは確かだが。

「エニッドに訊いてみたらどう？」ジュリーは囁くように言った。

私は船着き場に尻餅をつきそうになった。

「エニッド？」と、間抜けのように繰り返す。

こちらに向けたままの瞳は、何かの感情を隠しているかのように光り輝いている。

「あの人が死んで嬉しいかどうか訊いてみるのよ」ジュリーは赤い唇をほとんど動かさず、早口でそう続けた。「あの日森の中で何があったのか、尋ねてみなさいよ。それに――」

彼女は不意に口をつぐんだ。振り向くと、早足で近づく伯父の姿が目に入った。

「飛び乗るんだ、ケント！」

湾を出たとき、陽はまだ沈んでいなかった。しかし朝日の明るさはもはやなく、もはや陰気な薄明かりに過ぎない。その光に照らされた波立つ湖面は、人を寄せ付けない非現実な光景を見せつけている。空に目を転じると、目に見えない霞が青天を覆っていた。オパールのような光彩を放つ靄《もや》が、私たちと太陽とを遮っているかのようだ。

私は船尾に座りながら、ジュリーの思いがけない暗示に頭をひねっていた。犠牲者とエニッド・プレンダーギャストとの間に、なんらかの密かな関係があったというのか？　とても信じられないが、彼女も殺人に関わっているのだろうか？

クランフォード氏の命を奪った銃弾が発射されたとき、エニッドがコテージにいたのは確かなように思われる。三艘のボートは当時みな使われていた――しかしカヌーはどうか？　クランフォード氏の謎の死に、義兄のデイヴィッドは関係しているのか？　あるいは、プレンダーギャスト家の誰かが殺し屋――ジェイク・パーディーに違いない――を雇い、クランフォード氏を亡き者にしたのだろうか？

カブ号のエンジンが突然止まったので、私は妄想から目を覚ました。レイナード・ロックの近くで止まったボートは、白いさざ波の上でほとんど静止していた。

「このあたりだな。深く潜る前に一、二度試したほうがいい。これほど冷たい水には慣れていないだろう」

伯父の言葉どおり水は冷たかったけれど、不快を催すほどではなかった。日光が弱々しいながらも湖面に降り注いでいるからだろう。一度船尾に上がり、小刻みに揺れるボートの上でバランスをとる。鳥肌が立って膝も震えたが、その原因は水の冷たさではなく、深い水中で遭遇するのはいったい何かと考えていたせいだった。

なぜかわからないけれど、その考えは私をゾッとさせた。海蛇や海獣など、深海に住む不気味な化け物が頭の中を占め、冷たい湖に潜るのを躊躇わせたのである。

「どうした、ケント?」伯父の単調な声で正気に戻った。いくぶん恥ずかしくなり、操舵席から見上げる伯父の赤ら顔に視線を向けてみる。その表情は、伯父が私を心から信頼していることを、何よりも雄弁に物語っていた。

振り返って深く深呼吸し、頭から湖に飛び込む。明るい水面を全力で掻き分けて薄暗い湖底へと進んでいくにつれ、驚いた魚たちが顔のすぐそばを大急ぎで通り過ぎた。そうして私はルーン・レイクの底へと突き進んでいった。

どのくらい潜っただろうか、ぼんやりとした影が目の前を通り過ぎた。身体を水平にし、円筒状の歪んだ物体をじっと見つめる。それは潰れた煙突のようだった。

脈打つこめかみがそろそろ水面に戻らねばならないことを告げていたものの、私はさらにそちらへ近づいた。それは確かに煙突だった。いや、煙突の破片と言ったほうがいいだろう。そして突然、その正体が頭にひらめいた。

「ガヴァナー・エンリコット号の残骸だ!」と、私は心の中で呟いた。

かつて汽船に聳えていたその煙突は今や湖底に突き刺さり、目に見えない障害物のせいで片方が上向いている。その横には——。

次の瞬間、私は全力で水面に向かっていた。心臓が激しく脈打ち、肺も破裂しそうだ。大きく見開いた両目は、頭上でちらつく光を必死に見つめていた。

無事水面に顔を出すまで永遠の時が経ったかに思われた。見ると、カブ号の船尾がすぐそばにある。伯父は不安げな顔に安堵の表情を浮かべ、必死によじ上ろうとする私に手を貸した。私はそのまま船底に倒れ込み、身体を震わせた。

「どうした、ケント？」伯父が大声で尋ねる。「何があったんだ？」

「見たんですよ！」私は思わず喘いだ。「見たんですよ！」

「何を？」

「あれ――伯父さんが昨夜見た『何か』ですよ！　暗闇の中――湖の底にいたんです！　恐ろしいほど巨大で――湖底に横たわり――こちらをじっと見て――」

そして心配そうに見下ろす伯父の顔がチカチカとぼやけ、灰色の霧の中に消えていった。

第八章　鍵のかかった扉の向こう

私は咳とともに起き上がった。アルコールの臭いが鼻腔を刺し、焼けつく液体が喉を通る。クリフトン伯父は私に顔を近づけたまま、昨日の午後にミニー・パーディーが持ってきた一パイント入りのフラスコを手にしている。悔しいかな、気絶してしまったのだ。

「大丈夫か、ケント？　気を落ち着けるんだ。もっと早くに戻ったほうがよかったんじゃないか？」

記憶が波のように押し寄せる。前屈みになった私の心臓が再び早鐘を打った。

「そうじゃないんです！」と、声を上げる。「あれは——あれは——」

伯父は私を不安げに見守りながら、唇にフラスコを近づけた。

「一口飲むんだ。それから気を落ち着かせて、何があったか話してくれ」

伯父の冷静さは効果てきめんだった。気が楽になった私は、伯父が頭の後ろに差し入れてくれたクッションにもたれた。

「何かはわからないけど」と、努めて平静に答える。「湖の底、煙突のそばに——」

「なんの煙突だ？」

残骸の話をすると伯父は何かを考えるように目を細め、水着の前を指で弄んだ。

「続けるんだ。煙突のことはいいから、どんなものだったか教えてくれ」

私は一瞬躊躇して、片手で目を覆った。湖底で見た光景は今も鮮明で、誤解の余地はない。それほど恐ろしかった。しかし青灰色の湖面が周囲に広がり、緑の湖岸が両側に伸びる今、あの光景はあまりに幻想的で現実のものとは思われなかった。

「海獣のように見えました」と、言葉を選んで答える。「胴体は短くずんぐりしていて、ひれのようなものが突き出ていました。それだけじゃなく、触手をこちらに伸ばしてきたんです。煙突のそばにうずくまっていて、いつ飛びかかってくるかと思いましたよ。丸く平らな気味の悪い目で見つめられると――」

私は思わず体を震わせ、手すりの向こうに恐る恐る視線を向けた。自分もクリフトン伯父と同じく、ルーン・レイクに潜む奇妙な化け物を目撃したのだろうか？　あるいは二人とも幻覚に囚われてしまったのか？

伯父は膝の上で両手を重ね、じっと遠くを見つめている。その姿は一見、静かに揺れる船の上でくつろぐ夏の観光客のようだ。しかし何年にもわたる付き合いで伯父の性格をよく知っている私は、冷静そのものの外見の裏で明晰な頭脳がフル回転していることに気づいていた。

伯父はようやく立ち上がり、カブ号の船尾に上った。そして身体のバランスをとりながら、何かを推し量るように湖面を見つめる。真紅の水着に身を包んだ伯父の姿は実に見事で、筋肉質の身体はとても四十代のそれとは思えない。しかし固く引き締まった口元が、なぜか私を不安にさせた。

「これからどうするつもりです？」私は訊いた。

「私も潜ってみよう」

伯父の頑固一徹さを知らなければ、私はきっと止めていただろう。だがそのとき、エンジンの音が耳に飛び込んだ。伯父の注意をそちらに逸らそうと、私ははかない希望を抱きながら、湖の向こうを指差した。

「フォックス号が来ますよ」私は言った。「ずいぶん早い戻りですね」

「ルーン・ハーバーには行かなかったんだな」と、近づくボートを見つめながら答える。「いったいどうしたんだ？　こちらが見えないのか？　おーい、お前たち！　気をつけろ！　気を――」

フォックス号の鋭い船首が二十フィートの距離に迫り、このままでは船体の中央に激突すると思われた。一瞬、ウォーレン・クランフォードの死が脳裏に蘇る。ルーン・レイクは二人目の犠牲者を求めているのか？　ヴィクスン号と同じく、フォックス号も死者に操られているのか？

しかし衝突を覚悟していると、フォックス号は右に急旋回して私たちの目の前を間一髪通り過ぎた。船首から上がった水しぶきで前が見えなくなるほどの近さだ。一瞬視界に飛び込んだのは、前方を見つめるジャスパーの青白い顔と、恐怖に満ちたデイヴィッドの表情である。

伯父は大揺れに揺れるカブ号の船尾から振り落とされそうになったものの、かろうじて持ちこたえると私のそばに駆け寄った。一方のフォックス号は泡のような白波を立てて旋回しつつ、再びこちらへ向かってくる。

「あの馬鹿どもめ！」伯父は呟いた。

フォックス号は私たちの横で止まった。ジャスパーは陰気な顔をいっそう青白くさせながら、額の汗を拭っていた。

「申し訳ありません」その声は震えている。「こんなに近づいていたとは気づかなくて。デイヴィッドと話していて注意が逸れてしまったんです」

ジャスパーの後ろではデイヴィッドが意味ありげにこちらを見つめている。私にはそれがすぐわかったような気がした。食後の告白でしばらく鳴りを潜めていたはずなのに、陰気そのものの秘書に対する疑いがこの場で蘇ってきた。ジャスパーは故意にボートを激突させ、私たちを湖の底に葬ろうとしたのだ。それを救ったのはデイヴィッドの注意力に違いない。

「こちらは大丈夫だ」伯父の冷静さが私には信じられなかった。「湖に潜ろうとしていたんだよ。ケントの話を聞いて興味を催したのでね」

「それはなんです?」デイヴィッドが好奇心も露わに訊いた。

しかし伯父は笑みを浮かべて首を振るだけだった。

「秘密を明かすつもりはないよ。君も潜ってみたらどうだ、デイヴィッド? 私たちよりダイビングに慣れているんだから」

「腕は大丈夫かい?」私は不安になって口を挟んだ。

「淡水なら大丈夫だろう」デイヴィッドはニヤリと笑ってそう答えた。

身のこなしも軽くフォックス号の船尾に上る姿を見て、均整が取れた筋肉質な身体を持つデイヴィッドと、陰気で貧相なジャスパーとのコントラストに感心せずにはいられなかった。

「駄目もとで行ってみますよ!」デイヴィッドは笑いながらそう言うと、眼下の湖に飛び込んだ。ナイフで切り裂かれたかのような水面にさざ波が立っている。

私は潜る前に腕時計を外していたが、デイヴィッドが湖中に姿を消した直後、何気なしにそれを座席から拾い上げた。

秒針は気が遠くなるほどゆっくりと進んだ。十五秒、二十秒、二十五秒、三十秒、三十五秒、四十秒――

六十秒も経つと心臓が喉から飛び出しそうに感じられた。私だってここまで長くは潜っていなかった！　湖底で見た不気味な海獣に摑まれ、あの恐ろしい触手に身体を捕らえられたまま、生き延びようともがき苦しむデイヴィッドの姿が脳裏に浮かぶ。

そのとき、二艘のボートの間で片方の手が水面から飛び出した。デイヴィッドの身体がそれに続き、苦しげに息を喘がせながら肺いっぱいに空気を吸い込む。そして身体の向きを変えると、こちらへゆっくり泳ぎ始めた。力強い上半身が大きく膨らみ、両目は血走っている。

それから船べりを摑み、引き上げようとする私たちを手を振って遮った。そして横向きになって手すりを乗り越え、湖水を滴らせながらボートの中に下りた。しかしさっきと同じく笑顔である。

「何か見つけたか？」伯父が訊いた。

「いえ、どれも湖の底にありそうなものばかりでしたよ」と、荒い呼吸の合間に答える。「岩、ヘドロ、木の幹――魚も一匹か二匹いましたね。何があると思ったんです？」

「残骸は見なかったか？」私は声を上げた。

デイヴィッドが訝るようにこちらを見る。

「なんの残骸？」

「ガヴァナー・エンリコット号の残骸さ」と、伯父が代わりに答える。

「父さんが乗っていた船ですね？」その声は湿っていた。

「そう」

「いや、見ませんでした。ここが現場なんですか？」

「だいたいそうだと思う。ケントが煙突を見つけたんだよ」

デイヴィッドもこのときばかりは真剣な顔になり、太陽に照らされた湖面を無言で見つめた。

「こんなに岸から近かったんですね」と、静かに口を開く。「それらしいものは全く見ませんでした。もう一度潜りましょうか？」

それまで会話に参加していなかったジャスパーが苛立たしげに声をかけた。見ると、フォックス号は私たちのボートから徐々に離れつつあった。

「出し忘れた手紙はいいのか？」と、デイヴィッドに問いかける。「もう行くぞ――ここでずっと潜っていたいのなら別にいいが。君と違ってこっちは忙しいんだ」

「わかったよ」デイヴィッドは明るい声で答えた。「僕はこっちに残るから、船着き場で落ち合おう。連れて行ってもらえますか、ブレントウッドさん？」

五分後、伯父と私は船着き場に立ち、二人を乗せて再び出発するフォックス号を見送った。レイナード・ロックが船体を隠すまで、伯父はそちらを見つめていた。

「よかったよ、何を見たのかあそこで言わなくて」と、低い声で言った。「つまり――あの『何か』さ」

「なぜです？」

「幻覚を見たと思われたに違いない」その答えは言い訳のように聞こえた。

「伯父さんも幻覚だと思いますか？」

「いや」と、静かに答える。「そうは思わない」

さらに話を続けようとしたが、伯父はすでに振り向き、ステップを駆け上っていた。

部屋に戻った私はゆっくり服を着替えながら、さっきの出来事を解き明かそうと頭をひねった。結局あの海獣は、残骸が沈む薄暗い湖底で、光と影が作り上げた幻想だったのだろう。しかしあの煙突――煙突が幻だったはずはない！

二つのデンにおける他の出来事に今まで触れなかったのは、それらがこの物語と無関係だからである。しかし、その日の午後に起きたいくつかの出来事はここで述べる必要があるだろう。

まずはエニッドとの会話。彼女はリトル・デンのポーチで雑誌を読んでおり、生まれつき活発な性格とあって退屈しきっていた。だからこそ私の散歩の誘いにあっさり乗ったのだが、私は彼女と一緒にいることがますます嬉しくなっていた。道すがら、恐る恐るクランフォード氏の話題を持ち出すと、相手はあけすけに次のことを認めた。

「私、偽善者ぶるつもりはないわ。あの人が死んで嬉しいし、これっぽっちも残念だとは思わない。まあ、恐るべき厄介者といったところね――中年の色魔よ。ウエスト・トレイルに行ったときなんて、もううんざりしちゃって。銃を持っていたらきっと撃ち殺していたわ。だけどこのことをデイヴィッドに言ったら笑われちゃったけど。あの人、ときどき腹が立つのよね」

私は悪意に満ちたこの言葉にショックを受けた。デイヴィッドに「腹が立つ」とは！　しかしエニッドの次の言葉は、私を再び考えさせた。

「ジュリーも嫌ってたわ――もちろん、クランフォードのことよ。私に飽きると、今度は彼女に付きまとうの。だけど私のときと違って、デイヴィッドはジュリーを助けたでしょうね！」

リトル・デンで彼女と別れ、クリフトン伯父を探しに出かけたときには正午をずっと過ぎていた。

頭の中では新たな手がかりが渦を巻いている。デイヴィッドがジュリーに好意を寄せていたことと、義妹がそれを快く思っていなかったことは明らかだ。またクランフォード氏について、その死を願う人物が増えたことも確かだった。

伯父は窓際で『パイク・アドヴォケイト』紙を読んでいた。私が声を潜めてこれまでの経緯を話すと、新聞から目を離すことなく心ここに在らずといった感じで頷いた。そして話が終わっても、伯父は口を開く代わりに新聞を突き出した。

「これを読んでみろ」

私は「先例のない悲劇」と仰々しい見出しのついたその記事を丹念に読んだ。地元記者の言葉を借りれば、あの事故は「湖畔全体に悲痛な暗い影を投げかけた」という。

そうした感傷的な言葉を除けば、記事には次の事実が記されていた。

八月二日午後、ガヴァナー・エンリコット号はいつものようにルーン・ハーバーを出港し、湖岸の十カ所を巡る湖一周の航海に出た。しかしカブ湾の向かい側に差し掛かったとき、恐らく故障のためにボイラーが爆発、大穴の開いた船体は一分もしないうちに沈没した。

乗客三十八名のうち無傷で救助されたのは十名、蒸気で火傷した、あるいは飛散した残骸で傷を負った十二名は救助後パイク記念病院に緊急搬送され、うち二名が到着後に死亡している。残りの十六名は木っ端微塵に吹き飛ばされたか、船とともに湖底深く沈んだものと思われる。

爆発の衝撃は恐るべきものだった。犠牲者のうちかろうじて身元が判明したのは九名だが、その中にマックス・プレンダーギャスト氏も含まれていた。身元もわからぬほど激しく損傷した遺体が三名分あり、あとの四人は行方不明のままである。

汽船の引き上げが試みられることはなく、残骸は今も湖底に眠っている。公式調査が行なわれているものの、それまでの事故と同じく、原因が判明する可能性は低い。

さらに記事を読み進めると、マックス・プレンダーギャストの遺体はあまりにひどい状態だったため、電報でエニッドとデイヴィッドの許可を得た上で、他の犠牲者五名と一緒に事故後すぐホープ・ヒル墓地に埋葬されたことがわかった。また記事はプレンダーギャスト氏の先妻に触れておらず、職業についても「ニューヨークの著名な収集家」としているだけだった。

私は伯父に新聞を返した。

「そのときプレンダーギャストさんは何を集めていたんでしょう？」

しかし伯父は首を振るだけで、明らかに別のことを考えていた。

「デイヴィッドかエニッドが知っているだろう。それはどうでもいい。この記事におかしなところはなかったか？」

私は気づかなかったので、そう答えた。

「どういうことです？」

しかし伯父は冷淡だった。その直後、同行の申し出を断って森へと散歩に出かけたのである。

「一人になりたいんだ」伯父はそう言うだけだった。

それから三十分かけてさっきの記事を読み直したが、なんの収穫も得られなかった。いつの間にか、ビッグ・デンには私一人だけになっていた。ジャスパーとデイヴィッドはまだ戻っておらず、エニッドもポーチのハンモックから姿を消している。ジュリーの姿も見えない。リトル・デンのポーチに座っているアベルとエミリーのトレンチ夫妻も、私を見てそっけなく頷くだけだ。その場の緊張した雰囲気から、二人の間で口論があったものと思われた。

森に入りウエスト・トレイルへ向かう。しばらく歩いて森を抜けると、ラムズデルのコテージのすぐ裏に出た。通る人の少ないこの隘路はノース・パイクを起点に湖岸を走り、ウエスト・マウンテンの絶壁の真下を通っている。しかしそこから小道は湖に背を向け、森を通って山の南麓へと上り坂になっていた。

坂道は確かに急だが、上るのが困難なほどではない。木々が鬱蒼と生い茂る道を先へ進む。両側は藪になっていて、小道を覆い尽くそうとしていた。

人気が感じられないにもかかわらず、路肩には車の轍がはっきりと残っている。どんな車がここを通ったのだろうと、私はぼんやり考えた。ルーン・レイクに到着してからというもの、今にも壊れそうなラムズデルのポンコツを一度か二度見たきりで、他の車はエンジン音すら聞いていない。

半マイル――恐らくそれ以上――ほど歩いたところで空き地に出た。そこには地下貯蔵庫らしき穴が空いており、かつて農家があったことを示している。道を隔てた場所には今にも崩れ落ちそうな納屋がある。窓がなく塗装もされていない建物の周りにはサクランボの木やゴボウが茂り、遥か昔に打ち捨てられたことを雄弁に物語っていた。

小道の右手には木々の立ち並ぶウエスト・マウンテンの斜面が広がっていて、山頂まで天高く聳えている。小道はその先で下り坂になり、マツの木が生い茂る森の中へどこまでも伸びていた。

このとき廃屋を調べてみようとは思わなかった。しかし惨劇の全貌が明らかになった後で振り返ると、そうしなかったことがどうしても悔やまれるのだった。

結局、私は路肩に立ち止まって一服してから、もと来た道を戻ることにした。途中で伯父に出くわすかと思ったが、デンに近づくにつれてその望みは消えていった。

リトル・デンの裏手を横切ったとき、怒鳴り声が耳に飛び込んだ。

「もう一度あいつと会ったら、お前を殺してやる！」

甲高い金切り声の主はもちろんアベル・トレンチ氏。怒りのあまり言葉がもつれ、中身はほとんど聞き取れない。

「会ってなんかいないわよ、エイブ」

これはエミリーの声だ。いつものように平坦で物憂げである。

「嘘をつくな！　今までずいぶん我慢してきたが、もう限界だ！　これ以上、友人たちの笑いの種になるつもりはない！」

「会ってなんかいないったら、エイブ！」

「嘘だ！　昨夜、あいつが忍び出るのを見たんだぞ！　あいつはお前に会いにここへ来た——言い逃れするな！　お前はポートランドで約束してからというもの——」

声の出所はマツの大枝に遮られた二階の窓だった。草の上を音もなく忍び歩き、予期せざるスパイ行為が誰にも気づかれなかったことを願いながら、建物の角へと遠ざかる。スキャンダルに巻き込まれるなんてごめんだ。

予想に反して伯父は戻っておらず、姿を見せたのは夕食の直前だった。顔には疲労が浮かび、ゴム底の靴は泥で汚れている。しかも右膝の少し上で、ズボンが三角形に破れていた。

私をはじめ一同の質問に対し、伯父は曖昧に答えるだけだった。

「散歩に出かけてたんだよ」と、ただそれだけである。

食事は湖に面した広いポーチに用意され、二つのデンの全員がそこに揃った。日没はまだだが、あたりはすでに薄暗い。午後の靄は濃い灰色の霧となり、葬儀で使う幕のように湖面を覆っている。伯父の予言は現実になりつつあった。

アビの鳴き声が湖面に響き、私は思わず身震いした。そのしわがれた鳴き声が不吉な何かを感じさせたのである。

「保安官から連絡がないのは妙だな」不安に満ちた沈黙を伯父が破った。「午前中にここへ来ると言っていたんだが。まあ、すぐにやって来ることを祈ろう」

「ジェイク・パーディーはもう捕まったんでしょうか」私は何気無しに言った。

そのとき息を切らせた声音が聞こえたので、一同はそちらを振り向いた。それは玄関に立つジュリーだった。丸々とした顔は青白く、目を大きく見開いている。

「あいつのことを忘れてたわ」その声は震えていた。「みんな――ここにいて大丈夫だと思う?」

ジュリーの神経質な緊張は全員の不安を煽った。私が何か言おうとしたところ、伯父が先に口を開いた。

「今夜は部屋の鍵をしっかりかけておいたほうがよさそうだ」

驚きに満ちたざわめきが一同から上がった。デイヴィッドとジャスパーは私の横にある手すりに腰かけ、ジュリーは戸口に立ち、エニッドとエミリーはポーチの長椅子に座っている。

片隅で葉巻をふかしていたトレンチ氏が驚きのあまり咳き込み、ポーチの反対側にいる伯父に鋭い視線を向けた。その伯父は揺り椅子の中にくつろぎ、身体を静かに前後させている。

「君はいったい何がしたいんだ、クリフ? 我々を怖がらせるのが狙いか?」咎めるような口調だ。

「また厄介事が持ち上がるとでも言うのか？」

黄昏の中、伯父は表情を引き締め、一瞬間を置いた。緊張に満ちた沈黙を、遠くから上がるアビの哄笑が破った。

「思うに」伯父の口調は冷静だった。「我々は危険に晒されている――想像するよりはるかに重大な危険だ。不吉な何かが起こりつつある。その現実から目を逸らすべきじゃない」

トレンチ氏は不機嫌そのもので鼻を鳴らした。

「不吉な何か、か！」と、荒い呼吸の下で呟く。

ジャスパーが冷笑混じりの顔を伯父に向けた。

「ご自分で私たちを閉じ込めたらいかがです？」その言葉には皮肉が見え隠れしている。

「それがよさそうだな」伯父はあくまで冷静だ。「そう言われてみると、確かにいいアイデアだ。こちらは私が寝る前にやっておこう。エイブ？」

「なんだ？」

「君はリトル・デンのほうで同じようにしてくれないか？」

トレンチ氏はしぶしぶ同意する旨を呟いた。言いだしたジャスパーは神経質そうに爪を噛んでいる。

「まさか本気じゃないでしょうね、ブレントウッドさん？」

「言ったのは君じゃないか。君、デイヴィッド、ケント、そして自分の部屋の鍵は、私がしっかりかけておく。エイブ、そちらはエニッドとジュリーを部屋に閉じ込めてから、エミリーを自分の部屋に入れて――」

「誰かが火を点けたらどうするのよ！」エミリーがヒステリーを起こした。

「馬鹿なことを言うな！」トレンチ氏が怒鳴りつける。「こんなのはクリフの戯言に過ぎん」

そのとき、デイヴィッドが手すりから下りた。

「僕は構いませんよ。それがベストとお考えなら」その口調は真面目そのものだ。「やり過ぎのように思えますけどね」

「お前はどうだ、ケント？」伯父が私に水を向ける。「賛成か？」

私も心の中ではデイヴィッドに同意していたけれど、それは口にすべきでないと判断した。

「もちろんですよ」私はできる限り真剣に答えた。

伯父は感謝するような視線を私に向けると、話は打ち切りと宣言するかのように立ち上がった。

「では、これでいいな」と、戸口に向かいながら一同に告げる。「コテージからあまり離れたり、遅くまで出かけたりしないように。今夜は鍵をかけて閉じこもっていたほうが安全な気がするんだ」

＊　＊　＊

それから四時間後、囚われの身も同然となった私は湖を見下ろす窓辺に立ち、夜の風景に目を凝らした。乳白色の霞に目を凝らせば、対岸に散らばる明かりがぼんやりと見える。陰気な湖面の上には灰色の雲が広がり、満月がその後ろで弱々しい光を放っていた。

そこに立っていると、不安にも似た孤独が私を捉えた。鍵をかけていても安全とは思えず、囚われた動物のように感じられるだけだ。

エミリーの予言が現実になったとしたら？　ウォーレン・クランフォード殺しの犯人――伯父は私

たちの誰かだとほのめかしていた――が、寝ている私たちになんらかの方法で迫ってきたら?

しかし、それはあり得ない。どの寝室も二階にあり、はしごでも使わない限り侵入は不可能だ。はしごを背負って森を這い進むジェイク・パーディーの姿が頭に浮かび、思わず弱々しく笑った。とは言え、ほんの一瞬でも安心したのは確かである。

その一方で、悲劇の予感はどうしても拭えなかった。ベッドに横たわり、薄い壁の向こうから聞こえる伯父の規則正しい寝息に耳を澄ませる。廊下の反対側にはデイヴィッドとジャスパーそれぞれの寝室があり、二人とも鍵のかかった室内で同じくぐっすり寝ていることだろう。それならば、不安で眠れないのはどういうわけか?

かすかな風が外の木々を揺らし、ビッグ・デンに不吉な音を響かせた。いや、過敏になった私の想像力が、これらの雑音を不吉なものと捉えたのだ。それでもしばらくすると眠りが訪れ、形のない息苦しい夢の世界に私を導いていった。

誰かに名前を呼ばれた気がして、はっと飛び起きる。あたりは暗く、最初はまだ夜ではないかと思った。しかし時計を見るともう六時で、日光――陰気に湿った日光――がかすかに差し込んでいる。外は雨が降っていて、濃い霧のために数ヤード向こうの木々すら見えなかった。

「ケント!」

私はベッドから飛び出し、窓枠に駆け寄った。

「ケント! クリフおじさま!」

エニッドの声だ。ぞっとするような恐怖で震えている。

「今行く!」私はそう怒鳴ってドアに急ぎ、ズボンを履きながらドアノブを握った。しかし、いくら回そうとしても回らない。

「ちょっと待て、ケント。私も今の声を聞いた」

錠の回る音に続いてようやくドアが開く。私はクリフトン伯父の脇から廊下に飛び出た。伯父の前に立って階段を駆け下り、霧の中、あちこちでつまずいたり滑ったりしながらリトル・デンへと急いだ。

荒っぽい作りの壁が霧の中から突然現われる。立ち止まると、頭上でエニッドの悲鳴が聞こえた。窓から突き出した顔は恐怖で青ざめ、赤毛がまとわりついている。

「どうしたんだ？」私は息を切らせながら訊いた。

すると、エニッドは首のあたりで寝間着を摑んだ。

「わ、わからないの！」喘ぐような声だ。「目を覚まして外に出ようとしたんだけど、鍵がかかっているのを忘れてたの！　だから壁を叩いたけれど、返事がないのよ！　どうしても目を覚まさなくて——二人とも！　そうしたら——」

「そうしたら？」伯父が鋭い声で先を促す。

エニッドは震える小声で続けた。

「闇の中から聞こえたのよ——恐ろしい物音が！　最初は夢じゃないかと思ったけど——」

伯父はステップを駆け上がり、ドアを開いて薄暗い廊下を走った。私もその後に続いたが、鍵がかかっていないことに気づいた。

北側にはトレンチ夫妻とエニッドの部屋が並んでいる。伯父は力を込めてドアを叩いた。

「どうしたの？」ジュリーの眠たげな声が廊下の向かい側から聞こえた。

「なんでもないといいんだが」伯父が答える。顔面蒼白なのにもかかわらず、その声は冷静だった。

「君たちが外に出られるよう、エイブを起こしに来たんだよ」

そう言ってから再びトレンチ氏の部屋のドアを叩く——最初は慎重に、やがて壁がかすかに揺れるほど力を込めて。もちろん鍵はかかっており、室内からは何一つ聞こえなかった。

「一階から斧を取ってきてくれ！」と、低い声で肩越しに命じる。

「ど、どこにあるんですか？」私の声はもつれていた。

「コンロの後ろの隅だ！　急げ！」

最初の一撃がコテージに轟く中、二人の少女は悲鳴を上げた。伯父はそれを無視し、何度も斧を叩きつける。その鋭い刃先は柔らかなマツの板を紙のように引き裂いた。

最後に全力を込めて斧を振り落とすと勢いよくドアが開き、壁にぶち当たって銃声のような音を轟かせた。

ルーン・レイクに到着して二日目の朝、灰色の薄明かりの中で見た室内の光景は、いつまでも私の記憶から消えないだろう。

窓際のツインベッドは乱れた布団に半分ほど覆われていたが、その上にはアベル・トレンチ氏の死体が横たわっていた。両方の膝を顎先に向け、光を失った瞳で天井を見つめている——恐れを知らぬ人間も、この光景には吐き気を催すに違いない。

しかし、私の目を捉えて離さなかったのはトレンチ氏の死体ではなかった。薄いネグリジェの上にレースの縁取りつきのナイトガウンを羽織ったエミリーが、キッチンナイフを手にしたまま、もう一つのベッドの足元にぐったり横たわっている。ガウンはぐっしょりと血に染まり、喉は両耳の下まで切り裂かれていた。

第九章　ロープ

　クリフトン伯父は顔をこわばらせて立ち尽くしながらも、隙のない視線で室内を見回した。一方の私は、室内の光景を一目見た途端に顔を背け、身体を震わせよろめくように逃げ出す有様だった。すっかり気分が悪くなって廊下の端の窓際にもたれていると、私を呼ぶ伯父の鋭い声が聞こえた。なんとか気を落ち着かせてよろよろと部屋の入口に戻り、恐るべき光景から目を逸らしつつドア枠のそばで足を踏ん張った。

「すぐに保安官を呼ばなくちゃならん」伯父は私の青ざめた顔を無視してそう言った。「だがその前に、一緒に確認してもらいたい。こういうときは何かを見逃すものだからな」

　私は吐き気をこらえつつ再び足を踏み入れた。部屋のつくりはビッグ・デンとそう違わない――正方形の室内は軟材が剝き出しになっていて、壁には窓が一つだけ。真鍮のベッドが二台、時代遅れのドレッサー、そして椅子が一組あるのも同じだ。

　質素な室内に争った形跡はなかった。エミリーが使っていたベッドはほとんど乱れておらず、もう一つのベッドは人が寝ていたように見えるが、それとても確かではない。

　足元にドアの破片が落ちていて、時代物の錠のまわりにも破片がいくつか残っている。錠は内側に回っており、私たちの侵入を頑として拒んだことを物語っていた。

そのとき、伯父がはっとして指をさした。

「鍵だ！」

私は拾い上げようと一歩前に出たが、伯父に腕を摑まれた。

「触るんじゃない！」

「どうして？」

「保安官が来るまでそのままにしておくんだ」

今振り返ると、部屋に閉じ込められたエニッドとジュリーは、何が起きたか知らぬまま、ずっと大声を上げていたようである。しかし惨劇の衝撃があまりに大きく、突然訪れた静寂の中、壁板を必死に叩く音が耳に飛び込むまで、二人のことなどすっかり忘れていた。

「どうしたのよ、クリフおじさま？」エニッドが声を上げる。「いったいなんなの？　何があったのってば！」

伯父は廊下に戻り、静かに話しだした。

「トレンチ夫妻が殺された。これから保安官を呼んでくる。今はまだ、二人とも部屋にいたほうがいい」

再び上がった大声を無視し、伯父は室内に戻った。その表情は火打石のように硬く、青い瞳も瑪瑙の如き鋭い光を放っていた。

「お前はどう思う？」と、出し抜けに私のほうを振り向いた。

私はもう一度、おぞましい惨劇の現場に恐る恐る目を向けた。

「殺人と自殺、でしょうか？」それだけ言うのが精一杯だった。

「つまり、エミリーがエイブを殺し、それから命を絶ったと?」

私は頷き、唇を濡らした。

「最初はそう思った」伯父は眉をひそめている。「しかし――」

伯父はそう言うと窓に近づいた。きちんと閉まっているかどうかを確かめてから何度か揺らし、顔を近づけ外の霧に目を凝らす。

「何を――探しているんです?」そう訊いたものの、喉は完全に干涸らびていた。

「木の枝だよ――要は室内に侵入する手段さ。確かにそれらしき枝が一本あるけれど、窓には内側から鍵がかかっている。それがわからないんだよ。エイブは空気が汚れていると我慢できない性質《たち》だから、窓を閉めっぱなしにしたとは考えられないんだ」

「ドアの錠も下りていました」と、私は指摘した。

すると伯父は再び鍵に目を落とした。

「そうだったな。それは保安官に任せよう。もしこの鍵が――」

「他の部屋の鍵かもしれませんよ」

私の言葉に、伯父はドレッサーのてっぺんを顎で指した。私はそのときまで、もう一つの鍵がそこにあることに気づかなかった。

「別の鍵がある」伯父は言った。「それを持って廊下で見張っているんだ。私が戻るまで誰も入れるなよ。ドアを閉めよう――いや、ドアの残骸と言ったほうがいいかな」

「まだ出ちゃだめなの?」廊下に出ると、エニッドの震える声が聞こえた。

伯父は一瞬躊躇した。

「まだだ、エニッド。もう少し我慢してくれ」その声は気遣いを感じさせた。

私は伯父の合図に従い、エニッドの部屋を通り過ぎて階段の上に立った。

「ここに戻ってくるまで鍵はかけておいてくれ」と、私に囁く。「あの二人にまだ会話をさせたくないんだよ」

伯父はそう言って薄暗い階下に姿を消した。私は新たな謎を抱えて一人取り残された。エニッドかジュリーがあの恐るべき殺人を犯したというのか！

「ケント？　ねえ、ケント？」

私はエニッドの部屋の前に近づいた。

「なんだい？」

「何が――何があったの？」

私は躊躇いながらも、先ほど見た光景をざっと話した。もちろん残酷な部分はぼかしながら。だがこちらが質問するより早く――いや、実際には話し終えるより早く――、階下から早足の足音が聞こえ、伯父が息を切らせながら階段を駆け上ってきた。

「彼らに行ってもらったよ。ビッグ・デンに戻ってみたら、デイヴィッドはもう起きて服を着替えていたのでね。我々が外に出る音を聞いて後ろから呼びかけたらしい」

「二人とも室内に閉じ込められていたんですよね？」

「ああ」と、私から鍵を受け取りながら答える。「ジャスパーはまだ寝ていた。どうやら――」

そこまで言って伯父はいきなり振り返り、鍵を差し込んで回した。ドアが開き、緑のパジャマと恐怖で青ざめた顔が伯父の肩越しに現われる。

「ここにいてくれ、エニッド」伯父は静かに言った。「ジュリーを連れてくる」

ジュリーの部屋も鍵がかかったままだった――それは誓って確かである。ジュリー自身は窓際の椅子に座り、外の霧に目を向けていた。その顔色は、肩から羽織った白いガウンと同じく蒼白だった。

私たちが部屋に入ると、ゆっくりこちらを振り返った。

「二人とも死んだのね」その声に抑揚はなく、不気味なものを見るように私たちを黒い瞳で見つめている。「死んだのね――二人とも！」

「来るんだ、ジュリー！」伯父が命じる。

「どこへ？」その声は相変わらず魂を失っていた。

「エニッドの部屋だ。ケント、そっちの腕を持ってくれ」

ジュリーはロボットのように立ち上がり、私にもたれながら廊下に出た。だがそのとき、彼女が向かいのドアの残骸を見つめているのに私は気づいていなかった。

「だめだ、ジュリー！」伯父が鋭く声をかける。

しかし手遅れだった。両脚がよろめき、その場に崩れ落ちる。私たちは失神したジュリーの身体をすんでのところで摑み上げた。

そのまま廊下を進み、エニッドのベッドに優しく横たえる。目を固く閉じ、呼吸もほとんど感じられない。顔色はまるで死人のようだった。

伯父は立ち上がり、エニッドのほうを向いた。

「何を聞いたか――あるいは何を聞いた気がしたか、教えてほしい」

蒼白ながらも正気を保っていたエニッドは、伯父の瞳をじっと見つめた。パジャマと同じ緑の部屋着をまとっており、乱れた髪を整えようとした跡も見えた。

「何かを聞いたわけじゃないの、おじさま」と、口を開く。「それに、何が現実で何が夢だったかも――」

「いいから話してくれ」

エニッドはベッドの端に腰を下ろした。

「まず、呻き声が聞こえたの――長く恐ろしい呻き声が。目を覚ましたら汗びっしょりで、本当に聞こえたのかどうか不思議に思いながら身体を震わせてた。そのとき、隣の部屋で誰かが動く物音が聞こえたから、声をかけようかと思ったわ。だけど、これも夢じゃないかと思ったから、そのまま黙ってた。

もう一度うとうとしかけたとき、バネが軋むような別の音が聞こえた。ベッドで寝返りを打ったときみたいな。カサカサって音も耳に入ったけど、風で木が揺れていると思った。それから何かを引っ掻くようなチリンチリンという音。それはもう絶対に夢じゃなかったわ」

「それだけかい?」エニッドが口を閉ざしたので、伯父はそう言って先を促した。

エニッドはゆっくりと頷いた。

「足音は?」

「いいえ――そういうのは聞こえなかった」

「何時だったか憶えてる?」

「ううん。時計はドレッサーの上にあったから」

「まだ暗かった?」

「ええ」

「それから？」

エニッドは目を見開いた。

「しばらくして眠りに入ったの。そしたら夢を――不気味で恐ろしい夢を見たのよ！　目が覚めると朝になっていて、雨が降ってたわ。それから怖くなって――本当に怖かった。でも、どうしてかはわからない」

「そして？」

「壁を叩いたけど、誰の返事もなかった。それで今度は声をかけて――」

そこで細い身体が震えた。

「本当に悪夢だったわ！」と、震える声で続ける。「コテージの中はしんと静まり返っていて――霧と雨が――」

「それで？」伯父は優しく先を促した。

「窓を開けて大声を出したわ。誰かに聞こえる声になるまでずいぶんかかったけど」

「ジュリーは君の声を聞かなかったのか？」

「ええ、きっとそうね。返事がなかったもの」

伯父は再び立ち上がり、ベッドに横たわるジュリーを謎めいた目で見つめた。

「彼女の面倒を頼む、エニッド。話せるようになったらすぐ教えてくれ。我々は下に行ってコーヒーを淹れてくるから。デイヴィッドたちが戻ってくるまで、できることは何もない」

台所に入った伯父は無言のままコンロに火を入れ、コーヒーポットの用意をした。それから窓際で身体を震わせながら立っている私のそばに近づいた。

「今でも殺人と自殺だと考えてるのか、ケント?」

私は怪訝な目で伯父を見返した。

「他にどう考えられます?」と、伯父に負けず声を張り上げる。「昨夜はみんな部屋に閉じ込められていました——トレンチさん夫妻もね。ドアにも窓にも内側から鍵がかかっていた。つまり部屋に侵入するのは不可能だから——」

「鍵を開けない限りはな」と、伯父が静かに口を挟む。

私の思考はそこで大きく飛躍した。

「ジャスパーだ!」と、思わず声を上げる。「トレンチさんがエミリーに言ってたんですよ、今度あいつに会ったらお前を殺すと——」

その言葉に伯父はびくりと振り向いた。

「どういうことだ?」その声は大きくなっていた。

立ち聞きした内容を話すと、伯父はますます眉をひそめた。

「それを早く言ってくれればよかったのに。しかしジャスパーのはずはない」

「なぜです?」

「彼の部屋にも鍵がかかっていただろう?」

「忍び出たとしたら?」

「どうやって?」

私は絶望のあまり首を振った。自分の頭でそれに答えるのは無理だ。

「クリフおじさま！　ねえ、クリフおじさま！」

二階から聞こえたエニッドの声に、伯父はすぐさま反応した。コーヒーに気をつけるよう早口で私に注意すると、台所を駆け出ていった。しかし五分後に戻ってきた伯父の顔は険しさを増していた。

「このコテージに電灯はない」と、話し始める。「ジュリーはぐっすり寝ていたそうだ。エニッドの呼びかけも聞こえなかったと言っている。私たちが部屋に入って初めて気づいたんだよ」

伯父はコンロの後ろにある棚から縁の欠けたカップを取り出し、受け皿に黒い液体がこぼれ落ちるまでなみなみとコーヒーを注いだ。

「ジュリーはすっかり参っている――かわいそうに！　あの娘なら大丈夫だと思っていたんだが。彼女は義理の両親を嫌っていて、私にも――」

しかしそこまで口にすると、伯父は両手にカップを持ったまま再び階段を駆け上がっていった。私は椅子に腰を下ろし、蜘蛛の巣が張った窓枠を見つめながら、ルーン・レイクを覆う渦巻く霧のようにとめどなく思考を巡らせた。

ヴィクスン号の操舵席で起きたウォーレン・クランフォード氏の殺害と、トレンチ夫妻の惨たらしい死との間には、なんらかの恐るべき関係があるのだろうか？　もしそうなら、いかなる動機がそこにあるのか？

だが結局、それは大した問題ではなかったのである。

昨夜の殺人――本当に殺人だったとして――はどのように引き起こされたのか？

私は最初から、デンの泊まり客を考慮の対象から外していた。クリフトン伯父とトレンチ氏を除き、全員別々の部屋に閉じ込められていたからである。伯父は自らの任務を完璧にこなし、トレンチ氏がそうでなかったと疑う理由もなさそうだ。

思考はそこでジェイク・パーディーに飛ぶ。クランフォード殺しの犯人としてすでに疑われている男。しかし鍵のかかった部屋にいるトレンチ夫妻を、いかにして殺害したというのか？　それにクランフォード氏と諍いがあったのは確かなようだが、トレンチ夫妻までも標的にするのはなぜなのか？

私は混乱して首を振った。

殺人と自殺――結局、そこに戻ってしまう。

それならば、エミリーが夫を殺し、その後で自ら命を絶ったのはどういうわけか？

妻とジャスパーの情事にトレンチ氏が怒り狂い、エミリーの喉を切り裂いた後、自分の行為を悔いて命を絶ったのなら話はわかる。しかしエミリーの手に握られていたナイフは、トレンチ氏でなく彼女が殺人犯であることを物語っているではないか。

伯父の足音が聞こえたので、私はびくっと顔を上げた。伯父はゆっくりとした足取りで台所を横切り、空のカップをテーブルに置いた。

「さて、ケント」あえて冷淡さを装った口調だ。「これで容疑者リストから二人の名前が消えたわけだ」

「そうですね」私は思わず身震いした。「だけど、容疑者はまだだいますよ」

「なぜコーヒーを飲まない？」

「さあ、なぜでしょう」私は呟いた。

「喉に刺激を与えても害はあるまい。さあ、飲むんだ」

コーヒーは私の喉を焼けつかせた。震えが止まり、もう一口飲むと気分も落ち着いてきた。

伯父もコーヒーを飲み干すと、棚の目覚まし時計に目を向けた。

「七時か。戻って来るまでもう少しかかるだろう。まさか霧のせいで迷うことはあるまいが、そうスピードは出せないはずだ。それに保安官がどこにいるか見当もつかないからな」

それきり伯父は黙り込み、青い瞳を虚空に向けた。複雑な法律問題に取り組んでいるとき、そうすることがよくあった。

平穏な日々は今や遠く過ぎ去ったような気がする。

薄暗い台所に何時間も座っているような気がした。窓の外では冷たい霞が渦を巻いている。ときどき我慢しきれなくなって伯父に話しかけてみるものの、その声はどうしても単調になってしまい、恐怖に満ちた陰鬱な雰囲気を明るくすることはできなかった。沈黙がしばらく続くと、私の両目は意思に反して天井を向き、荒く組まれた丸太の間から黒ずんだ血が滴り落ちる様を想像してしまうのである。

外から声が聞こえたのは、まだ七時半のことだった。私たちは玄関に急ぎ、暗がりから現われた幽霊の如き三つの人影をおぼろに見た。湿って滑りやすくなったステップを、エイザ・ウッド保安官が足を引きずりながら上ってくる。その落ち着き払った顔を見て、私はようやくほっとした。

「またトラブルかね?」そう言いながら、瞼を細めてこちらを見つめる。「二人死んだそうだな。今度の犯人は?」

「ジェイク・パーディーだろうよ」伯父が苛立たしげに答える。「もう捕まえたのか?」

保安官の不器量な顔が真っ赤に染まった。パーディーに脱走された記憶が今も棘になっているのだ。

「いや、まだだ」と、唸るように答える。「ビーンが昨日からずっと探しているのに、髪の毛一つ見つからん。だが絶対にとっちめてやる！」

伯父は青い瞳を冷たく光らせつつ、沈黙を貫いている。しかし無言の抗議が保安官に届くことはなかった。相手は不満げに呟きながら革のコートを乱暴に脱ぎ、片隅に放り投げるだけである。

「さて、死体はどこだ？」と、ぶっきらぼうに尋ねる。「誰も現場を荒らしてないだろうな？」

「部屋はそのままにしてある」伯父は冷たくそう答えると、先に立って階段を上った。

ウッド保安官はドアの残骸を押し開け、なんの感情も浮かべず現場を凝視した。デイヴィッドとジャスパーは伯父の背後に立ち、室内を凝視している。保安官の横に立つ私は、二人と場所を代わりたくて仕方なかった。

背筋の凍るような光景に否応なく引きつけられたのか、ネグリジェに身を包んだエニッドとジュリーの姿が背後に見える。私は無意識のうちに姿勢を変え、恐ろしい光景を二人の目から遮った。にもかかわらず、ジュリーの膝から再び力が抜け、ため息とともにその場へくずおれてしまった。

デイヴィッドと私は失神した彼女の身体をエニッドの部屋へ運び入れた。エニッドはヒステリーに取り憑かれたかのようにあたりを歩いていたが、ジュリーから目を離さないよう義兄にきつく言い渡された。

「彼女を部屋から出すなよ！」と、厳しい声で命じる。

惨劇の現場に戻ると、保安官がエミリー・トレンチの遺体のそばに屈み込んでいた。

「見るか？」足を踏み入れた私たちにそう声をかける。

デイヴィッドと私は誘惑に負けて恐る恐るそちらに目を向けた。保安官は血まみれの刃をつまんで前後にゆっくり動かしつつ、死者の指からそれを取り上げようとしていた。

「握っていない」と、ぶっきらぼうに口にする。

伯父の瞳が光った。

「つまり――誰かが握らせたのか?」

保安官はさっとそちらを見上げ、短く頷いた。

「間違いない。女の仕業じゃないな――この女は自ら命を絶ったわけじゃない。誰かが犯行後にナイフを握らせたのさ。ほら、指に力がこもっていない」

保安官はそう言って、光沢を放つ取っ手を仔細に調べた。後で知ったのだが、それは階下の台所に置かれていたナイフだった。

「指紋は?」私は思い切って尋ねてみた。

保安官は前屈みのまま肩をすくめた。

「たぶんあるだろう」と、慎重な物言いで答える。「だが、ここではわからん。これはパイクに持っていって、詳しく調べさせるとしよう」

そして清潔とは言えない大きなハンカチを尻のポケットから取り出し、ナイフを包む。それから血まみれの指をカーキ色のズボンで拭ったが、その機械的な動きは私を身震いさせた。

「こっちはこれでいいだろう」結論づけるようにそう言うと、今度はアベル・トレンチ氏の遺体が横たわるベッドに近づいた。「こいつは何をされたんだ?」

「同じく刺されたんでしょう」と、ジャスパーが恐る恐る口にする。

「なら、ナイフはどこだ?」

だがベッドのシーツをめくった瞬間、保安官の問いに劇的な形で解答が与えられた。

トレンチ氏は白いシルクのパジャマを着ていたが、心臓の真下あたりに赤茶色の大きな染みができている。そこに置かれた手には、先ほどと同じ形のナイフが握られていた。

「そういうことか」と、伯父が呟く。

「どういうことだ？」保安官がそちらを見ずに訊いた。

「最初に彼女を殺し、次いで命を絶ったということさ」

「なぜ？」

「さっき言っただろう、犯行後誰かが彼女の手にナイフを握らせたと」

「ああ」

「それならアベルの仕業に違いない」

「なぜそう言える？」

ウッド保安官のぶっきらぼうな物言いは、伯父の神経に触り始めていた。しかし遺体の上に屈み込んだままの保安官は、まるで気づいていない様子である。

「なぜなら」伯父は辛抱強く説明した。「エミリーはナイフを握っていなかった。つまりアベルが彼女を殺し、死後ナイフを握らせたことになる。アベルのほうはナイフをしっかり握っているだろう？」

「いや」保安官が答える。「それは違うな」

続いて訪れた沈黙の中、保安官はトレンチ氏の手を持ち上げた。すると驚くまいことか、力を失った指は突き刺さったままの凶器を握ってはいなかった。

伯父は半歩前に足を踏み出した。

「どういうことなんだ、保安官？」

「つまり」と、振り向きながら答える。「全ては仕組まれたのさ」

「君は――」

「男は女を殺していない。女も男を殺していない。そして二人とも自殺したわけじゃない。誰かが二人を刺し殺し、ナイフを手に握らせたんだよ」

「確かかね？」

ウッド保安官はハンカチの折り目をうまく使ってナイフをつまみ上げ、最初の一本と一緒に慎重にくるんだ。

「いや」と、先ほどの問いに答える。「断定はできん。しかし、そう思われることは間違いない」

「つまり」伯父がなおも言い張る。「どちらも自殺では有り得ないと言うんだな？」

「有り得ないことなんて何一つないさ」と、立ち上がりながら謎めいた言葉を呟く。「ところでこのドアは――」

「ドアがどうした？」

「鍵はかかっていたんだな？」

「そうだ」

「だとすると室内に鍵があるはずだろう」

伯父は床を指さした。

「誰も触っていない」

保安官は用心深く鍵を拾い上げた。そして木の破片が残ったままの四角い錠を持ち上げ、鍵を差し込む。それを左右に回すと、掛け金が中から出入りした。

「ふうむ」何気なくため息をついて錠と鍵をドレッサーに置き、次いで窓際に近づく。それが閉まっていることを確かめてから部屋の中央に戻り、人差し指で鼻先をこすった。

「ジェンキンス医師が来るまで死体は動かせない。ここに向かう前、医師と葬儀屋には電話しておいた。次にこの辺りを調べ、それが済んだら娘さんたちから話を聞きたい。その間にお前たち二人は──服を着替えたらどうだ？」

私はぎょっとして自分の粗末な身なりに目を向けた──ベルトのないズボン、ボタンが二つも取れたパジャマ、そして左右逆に履いたスリッパという有様だ。伯父はそれよりましな格好をしているが、同じく着替える必要があるのは間違いない。

「必ず戻ってくるんだぞ！」と、保安官が警告する。「お前たちにも話を訊きたいからな」

戻る途中、私はエニッドの部屋を覗き込んだ。青白い顔のジュリーは、意識を失ったままベッドに横たわっている。エニッドは芳香剤の入ったボトルを手にしており、立ち止まった私に目を向けた。

「どこに行くの、ケント？」

「着替えに行くんだよ。すぐに戻る」

「わかったわ。ただ──」

「ただ？」

「お願い、すぐ戻ってきてね！」

私は無言で何かを問いかける彼女の視線から目を逸らし、何も言わずに頷いた。そして階段を急いで駆け下り、ひんやりとした朝もやの中に出た。

スリッパを左右逆に履いていただけあって、二つのコテージをつなぐ砂利の小道はかなり滑りやすかった。それでもなんとかビッグ・デンに辿り着き、ドアを閉めて湿った空気を断ち切ってから、階段をよろめくように上って自室に戻った。

しかし伯父の声が私の足を入り口でとどまらせた。

「ちょっと来てくれ、ケント。見せたいものがある」

伯父は深刻な表情を浮かべてジャスパーの部屋の前に立っている。なんだろうと思いながらその後に続き、伯父の指さす先を見た。

「これを見ろ！」

私は跪いてベッドの下に目を向け、半分だけ見えているその物体を明かりの下に引き出した。次の瞬間、私は思わず飛び上がり、恐怖の目で伯父を見つめた。

それは細いながらも頑丈なロープで、芯まで濡れている。片方の端は泥にまみれ、もう片方は結ばれて輪になっていた。

「これだ！」私は声を上げた。「ジャスパーはエミリーに会いに行こうとこれを使って窓から出て――二人を殺したんだ。これが――」

しかし伯父は唇に指を当てた。

「大声を出すな、ケント！」

「どうして？」

「誰かに聞かれているかもしれない。それに――」

伯父はそこで言葉を切ると、虚空を鋭く睨んだ。

「それに――なんです？」私は我慢しきれず問い詰めた。

「それに」打って変わって静かに続ける。「このことは、しばらく口にしないほうがいい」

第十章　ルーン・レイクの幽霊

陰鬱で気の滅入る灰色の朝。湖から漂う白い霧が今も二つのデンを取り巻いていて、湿った息苦しさをもたらしている。周囲のモミの木からは冷たい雨滴が断続的に屋根へと落ち、庇から地面に降り注いでいた。

パイク郡の監察医を務めるジェンキンス医師が葬儀屋と一緒に訪れ、トレンチ夫妻の凄惨な遺体とともに去っていった。ウッド保安官も周囲を丹念に捜索し、住人に質問を重ねた後、一時間ほど前に立ち去っていた。

「できるだけ早く戻るよ」と、保安官はクリフトン伯父に告げた。「まずはパーディーだ。ビーンが何かを見つけたかもしれん。それにナイフの指紋も確かめたいからな」

ウッド保安官が事件を解決できるとは思えなかったが、私は悔悟にも似た感情を抱きつつ、足を引きずりながら霧の中に消えゆく後ろ姿を見送った。彼の冷静さは、私たちを覆う恐怖という毒気に対し、強力な解毒剤として作用したのだ。

ビッグ・デンの暖炉のそばに落ち着いた私は、周りの人物を密かに観察した。ジャスパーはむっつりと黙り込んだまま、明らかに不安な様子である。デイヴィッドは疲れのためか顔を青白くさせ、元気づけようとする言葉も虚しく空回りするだけだ。エニッドは顔になんの表情も浮かべず、神経質そうに室内のあらゆる場所を見回している。石灰のように蒼白な顔のジュリーは、瞼を閉じてベッドに横たわっていた。

これら五人（クリフトン伯父を除けば四人）のうち誰かが、ルーン・レイクの連続殺人を引き起こしたのか？

それは不可能とは言えぬまでも、荒唐無稽な考えだった。ならば、人目を隠れてこの周囲をうろつきながら、湖の真ん中や鍵のかかった密室で犠牲者を血祭りに上げたのは、いかなる悪魔の所業なのか？

ジャスパーの部屋で見つけた秘密について、伯父が沈黙を守るよう言いつけたのはどういうわけだろう？　これほど確かな証拠なのに、保安官にも話さなかったのはなぜなのか？

伯父はクランフォード殺害犯に復讐し、正義の裁きを受けさせると誓った。その後、同じく〝四匹のキツネたち〟の生き残り、トレンチ氏も殺された。なのに今、伯父はなんらかの理由で、ジャスパー・コーリスの首に縄をかけられるであろう重要な証拠を故意に隠している。

ともあれ、疑いと不安が渦巻く中でじっとしているのは気が狂いそうだった。真の危険が今なお私たちを脅かしているとあってはなおさらだ。おぞましく、それでいて不可解な方法で、すでに三名の人物が命を奪われている。次の一撃はいつどこに振り下ろされるのか？

突然、ジャスパーが雑誌を脇に置いてよろめくように立ち上がり、冷笑を顔に浮かべて私たちを見下ろした。

「これじゃあ木偶の坊じゃないか！」と、吐き捨てるように呟く。「クエーカー教徒の集まりじゃあるまいし、殺されるのを黙って待つなんて！　行動に移るべきだ。ジェイク・パーディーを探し出すだけでいい。あの保安官、コソ泥程度なら捕まえられるだろうが、殺人犯相手に歯が立つとは思えない！」

これが演技であれば——私はそうに違いないと睨んでいたが——実に見事なものである。恐怖混じりの虚勢は確かに説得力があった。視界の隅では、伯父がじっとジャスパーを観察している。

「僕も賛成だな」デイヴィッドが口を開く。「ブレントウッドさんはどう思います？　ケントは？」

そう言ったはいいものの、立ち上がろうとして椅子の桟に足を引っかけてしまった。すぐにバランスを取り戻したが、テーブルの角に左腕をぶつけたようだ。

「いてっ！」と、顔が青ざめたのを隠すためか、必死に作り笑いを浮かべる。「腕の怪我を忘れてたよ」

「傷はどんな具合だ？」伯父が尋ねる。「包帯を巻いてから見ていないが」

「痛くて仕方ないですよ！」デイヴィッドは顔をしかめていた。

腕に巻かれたガーゼを肩のほうへ慎重に滑らせる。傷は膿んでおらず順調そのものの回復ぶりだが、見た目には今も痛々しい。かさぶたの隅からにじみ出る血が、受けた衝撃の凄さを物語っている。

伯父は顔を近づけて傷を調べた。

「本当にラッキーだったな、デイヴィッド。あと半インチ逸れていたら筋肉を突き破って、数週間はベッドの中だ」

デイヴィッドは深刻な表情を浮かべて包帯を元に戻し、一同に問いかけた。

「さて、これからどうする？」

ジュリーは恐る恐る目を開けると、身震いして再び閉じた。

「行かないで！」と、囁くように哀願する。「だめ――怖いわ！」

エニッドが顔を近づけ、安心させようと腕を肩に回した。

「大丈夫よ、ジュリー。心配しないで！　あなたには何も起こらないから」

孤児となった友人を慰める彼女の視線が、私たちの目としっかり合った――献身、負けん気、勇気、そして何にも増して言いようのない不安。その全てがエニッドの瞳に浮かんでいる。私はこのときほど、エニッド・プレンダーギャストに敬意を抱いたことはなかった。

「あいつを捕まえましょう」と、持ち前の負けん気を蘇らせて続ける。「私たちの食料を全部盗み出す前にね！　昨夜また、貯蔵庫に誰かが忍び込んだのよ。知ってた？」

驚く私たちにエニッドは弱々しい笑みを向けた。

「言うのを忘れてたの。ここに来る途中で、ちょっと見てみたのよ。そしたら缶詰がごっそり無くなっていて、それにパンとチーズも――」

そこで突然言葉を切り、口を手で押さえた。

「静かに！　何かしら、あれ？」

すると、全員の耳にそれが聞こえた――規則正しいボートのエンジン音が徐々に大きくなる。

「ここに来るんだな」顔を引きつらせながらジャスパーが呟いた。

私たちは窓際に集まり、霧の向こうに目を凝らした。室内を包む静寂の中、エンジンの轟きが突然途絶え、ボートを繋ぐ音と、船着場を歩く足音が耳に入った。

みんなは誰が来ると思っているのか、私には見当もつかなかった。薄くなった霧の中から現われたのは、予想もしない意外な人物だった。

細長の顔に真剣な表情を浮かべたウッド保安官が、一番上のステップに突然姿を見せた。その左後ろからは、猫背のジェイク・パーディーがよろめくようについて来る。右手には手錠がはめられていた。


最初に驚きから立ち直ったクリフトン伯父が玄関に向かった。しかしドアを開けるより早く、ウッド保安官がそれを押し開け、囚人を中に入れてから後ろ足でドアを閉じた。

「やあ、みんな」その声は勝ち誇っている。「これをご覧あれ！」

「ど、どこで捕まえたんです？」顔面蒼白になったジャスパーがどもりながら尋ねる。

「今朝の三時ごろ、自宅に戻ろうとしたところをビーンが見つけたのさ。私も戻るまで知らなかったんだよ。もちろんビーンは殺しのことなど知らないし、知っていたら私にすぐ伝えていただろう」


保安官はそう言うと、今や囚われの身となったパーディーを睨みつけた。保安官が普段の冷静さをかなぐり捨てたのは、私の見るところこれが初めてだった。

「さあ、ジェイク！」と、怒鳴りつける。「昨夜ここで何をしていたか言うんだ！」


いつにも増してだらしなく、見る者に不快な感じを与えていたジェイク・パーディーは、悪意に満ちた目で私たちを見回した。

「何も知らんよ、エイザ」と、泣き言を口にする。「いったい何を言ってるんだ？　夏になってからここに来たことはないんだ」

「一昨日の晩はどうなんだ？」私は口を挟んだ。


ジェイクの濁った瞳が一瞬光った。

「わしは何も知らん」と口ごもる。「ここには来とらんでな」

「それじゃあ、昨夜は？」保安官が問い詰める。

表向きは反抗的ながら、媚びへつらうような口調でパーディーは答えた。

「湖で釣りをしとったよ。それから知り合いに――」

そこで出し抜けに口をつぐんだ。

「誰だ？」

「名前は忘れた」と、言い訳するように答える。

「午前二時に誰かと会おうとして、名前すら思い出せないと？」皮肉たっぷりの口調だ。

パーディーは意地でも答える気がないのか、黙って床を見つめている。

「昨晩ここに来なかったのは確かなんだな？　トレンチ夫妻を殺したのがお前でないのは――」

ジェイクの背筋が突如こわばった。恐怖で目を見開き、口をあんぐりさせている。

「殺した？」その声はかすかに上ずっていた。「まさか、エイザ！　そんなこと、これっぽっちも聞いてないぞ！」

「言う必要はないだろう」と、物憂げに言い返す。

「わしは何も知らん！」口調が必死になっている。「神に誓ってわしじゃない！　なんなら聖書に――」

「クランフォード殺しはどうだ？」保安官が割り込む。「それも初耳だろうな！」

「もちろん――わしが疑われているなど、初めて聞いた！」もはや絶望的な金切り声になっている。

「まさか、あんた――」

「それなら、一昨日の晩に留置所へ向かう途中、私を殴って逃げ出したのはどういうわけだ？」と、後頭部を掻きながら問い詰める。「それも忘れてしまったか？」

パーディーは恐怖で顔を青くしたまま、くたびれた靴を床に擦りつけた。すると、伯父が思いついたように訊いた。

「我々の貯蔵庫に忍び込んだのはどういうわけだ？」

「貯蔵庫？　どの貯蔵庫かね？」

「もう一棟のコテージにある貯蔵庫――食料をしまっている場所だ」

「そんなものは知らん！」パーディーはあくまで言い張る。「言っただろう、夏になってからここに来たことはないと！」

「それなら、昨夜はどこにいたんだ？」保安官が詰問する。「アリバイがあるんなら――」

「アリバイは――」と、まくし立てるように言おうとする。

「昨日の晩、お前はどこにいた？」ウッド保安官は無情に繰り返した。

「あんたには関係ない！」とうとうパーディーは大声を上げた。「わしを犯人扱いする権利はないはずだ！　ここに来たことはないし、わしがここにいたなど証明もできん！　さっさと牢屋に放り込めばいいだろう！　わしは誰も殺していないんだ！　あんたはただ――」

パーディーはそこで口をつぐみ、保安官がいくら責めても再び開くことはなかった。そしてようやく、我慢の限界に達した保安官は手錠をぐいと引っ張った。

「来るんだ！」

「どこに連れて行くのかね？」と、不機嫌な声で問いかける。

「パイク郡の留置所だ」と、一言一言区切るように告げる。「そこならば、お前の嘘からいくらかの真実を引き出せるだろう。それに今度は、バイクで連れて行くつもりはないからな」

そのとき、デイヴィッドが不可解な行動に出た。玄関に向かうと、パーディーの前に立ってじっと顔を見つめたのである。

「ミニーはどうなる?」

パーディーは足を止め、野生の獣のように相手を睨み据えた。

「あいつを巻き込んでみろ、承知しないからな!」と、罵声を浴びせる。「ミニーはいい娘《こ》だ。お前らが束になってもかなわんさ!　お前は——」

パーディーは怒りに任せて全身を震わせつつ、ここには記せない悪態をついた。しかしウッド保安官が手の甲でその口を殴りつけた。

「黙れ、馬鹿野郎!」

パーディーは唇の血を舐めとり、手錠を引っ張られたのを合図に戸口へと横歩きしながら、デイヴィッドを無言で睨みつけた。そして扉のところで再び立ち止まると、最後にもう一度悪意に満ちた目で私たちを見回した。

「わしは行くが、かならず戻ってくるからな!　そのときはお前ら——」

保安官が怒りも露わに手錠の鎖を引っ張って、パーディーは出し抜けに霧の中へ姿を消した。ボートのエンジン音が静寂を破る。そのとき初めて、デイヴィッドがゆっくりと戸口に近づき、ドアを閉めた。そして振り返りざま、私たちを見てニヤリと笑みを浮かべた。

「なんとも愉快なお客さまじゃないか。今度こそ目を離さないでほしいね——本当に収監したとして、の話だけど。相手は言い訳のうまい古狸だからな」

「どうしてミニーのことを訊いたの？」と、エニッドが尋ねる。

デイヴィッドは謎めいた表情を浮かべ、素っ気なくこう答えた。

「いや、ただ訊いただけさ」

「だけど、どうして？」

しかし義兄は返事をせず、やり過ごすように首を振るだけだった。

そして伯父に向かって口を開く。「もうパトロール隊は解散していいでしょう――そんなものがあったとして、ですけどね。僕はこれからルーン・ハーバーに行きますよ、霧が厚いですけど。君も来るかい、エニッド？」

彼女の顔を恐怖が横切った。

「大丈夫なの、デイヴィッド？」

「僕のことか？」と、叱るような口調を真似て答える。「みんなはどうだ？　用事や伝言があれば言ってくれ」

「それなら一つ頼もう」伯父が口を開く。「できれば新聞社の支局に行ってもらいたい。そこで今までの経緯を残らず話し、記者が近づかないようにしてもらうんだ。色々と大変なことになるだろうし、あれこれ詮索されたくないのでね」

「そうでしょうね」と、デイヴィッドが頷く。「わかりました。あと――タバコも買ってきましょうか？」

伯父が一度ならず空のポケットに手を伸ばしていたのは、私も目にしていた。だが伯父は首を振って一同に断りを入れ、二階へ駆け上がっていった。それからすぐ戻ってきた伯父の手には、未開封のキャンディーミントが握られていた——昨日の朝買ったうち、最後の一箱だ。

大きな口に一粒放り込み、申し訳なさそうに残りを差し出した。

「麻薬中毒より悪いかもな」と、かすかな笑みを浮かべて独りごちる。そう言いながら、他のみんなも一粒ずつ口にしていた。「君たちにも感染しなければいいがね」

デイヴィッドとエニッドが出発した後は、不安に満ちた沈黙が訪れた。伯父は無言のまま唇に舌を這わせている。やがてカブ号のエンジン音が遠くに途絶えた。すると、伯父の濃い眉毛が私のほうに向いた。

「貯蔵庫を見に行ってみよう、ケント。ジュリー、君はもう大丈夫だな。ジャスパーがついている——ここにいてくれるな、ジャスパー?」

相手は不機嫌な表情のまま、落ち着かなげに身じろぎした。

「ええ、たぶん」明らかに不満な口調である。

私たち二人は霧の中に足を踏み出した。外はさっきより明るく、霧も薄くなっているものの、さほど遠くまでは見渡せなかった。

伯父が先に立ってリトル・デンへと向かう。墓場のようなあたりの雰囲気に、私は思わず身震いした。しかし伯父は荒らされた貯蔵庫に直行せず、リトル・デンに入って静かにドアを閉めると、キャンディーミントを口にしたままソファに腰を落ち着けた。

「貯蔵庫を見に来たんじゃないんですか?」

「それは後でいいさ。お前はパーディーをどう思う?」

「つまり、あいつが犯人かどうか、ですか?」

「ああ」

私はしばらく考えてから答えた。

「そうだと思います。他に説明のしようがないですからね。あいつがそれを否定している事実は——」

「いや、ジェイクは何を言われても否定するさ！」伯父が先を遮る。「そうすることでトラブルから抜け出せるならな。私も知りたいよ、どれが本当でどれが嘘なのか」

「じゃあ、伯父さんはあいつの犯行じゃないと言うんですね？」と、私は口走った。

「なんの犯行だ？」

「トレンチ夫妻殺しですよ」

伯父はしばらく答えなかった。考えをまとめているのだろう。

「いや」と、ようやく口を開く。「あいつの犯行だとは思わない。食料を盗んだかどうかも怪しいものだ。もし、あいつでないなら——」

そこで伯父は再び言葉を切り、濃い眉毛の下にある青い瞳を輝かせた。

「一つ仮説があるんだ、ケント」しばらく間を置いてからそう言った。「実際には二つだな。最初の一つは昨日試してみたが、失敗に終わった。二つ目は——」

またしても口をつぐみ、虚空に視線を向ける。息詰まるような沈黙の中、屋根から庇の下の鍋に落ちる規則正しい雨垂れの音だけが耳に入った。ほんの一瞬、それが血の滴りのように聞こえる。私は思わず視線を上向け、不吉な考えに身体を震わせた。

「二つ目は」伯父がゆっくりと先を続ける。「そうだな、『恐ろしい』という言葉じゃ表現しきれない。

不気味、恐怖、そして奇怪！　あれが現実のものなら――」

　そこで黙り込み、前方を見つめる。私が不安げに身動きすると、伯父はこちらに視線を戻した。

「あれが現実のものなら、お前の助けが必要になる。昼食をとったらルーン・ハーバーに行くので、お前にも来てもらいたい。ジャスパーの伝言を確かめたいんだ――」

「結局、ジャスパーが犯人なんですか？」

　伯父は表情を和らげ、小さく笑みを浮かべた。

「つまり、お前はまだジャスパーが犯人だと思っているんだな？」と、いたずらっぽく答える。

「そうでしょう？」私は我慢できずに言った。「エミリーと秘密に会っていた。その彼女にうんざりしていた。そしてエミリーがドアの鍵を開けた――たぶん、トレンチ氏が眠りについた後で。それに、ベッドの下にロープを隠していたのはどういうわけです？」

「しかし、エイブまで殺したのはなぜだ？」と、伯父が反論する。

「ジャスパーが殺したんじゃなく、彼がやって来る前にエミリーが殺したんですよ」

　伯父はゆっくりと首を左右に振った。

「この事件にはまだまだ『たぶん』が多いな。しかし正しい答えは一つだけだ。それを見つけたとき――」

「でも、ロープはどう説明するんです？」私はなおも問い詰める。

　伯父はキャンディーミントの残りを噛み砕いた。

「ロープは全てを物語るかもしれないし、あるいは何も物語らないかもしれない。今までの殺しにはあまりに多くの証拠が残っていた――しかも、その全てが違う方向を指している。その上、誤った手がかりもあるくらいだ」

伯父はゆっくりと立ち上がり、じっと霧を見つめた。

「この事件には裏がある。我々の知らない恐るべき『何か』が隠されているんだ。しかし今はまだなんの意味も動機も見えない――まるで狂人の犯行だよ」

そこまで言うと表情を曇らせ、窓枠に置いた手をゆっくり握りしめた。見ると拳が白くなっている。

「狂人――」その言葉を噛みしめるように繰り返す。「そうだ……それで説明がつく！」

伯父の言葉、いや、伯父の口調は、私に名状しがたい恐怖を与えた。薄暗い室内を恐る恐る見渡すと、霧に覆われた森から差すしらじらとした光が、部屋の中を冷たく陰気に照らしていた。

「貯蔵庫を見に行きませんか、伯父さん？」私は不安とともに言った。

伯父は出し抜けに立ち上がり、私のほうを向いた。

「貯蔵庫？」不意を突かれたように繰り返す。「そうだな、行く前に見ておいたほうがいいな――何か見つかるとは思えんがね」

今度は私が先頭に立ってコテージの裏手に向かった。ドアを開けたとき、伯父は十歩ほど後ろにいた。

貯蔵庫は台所の外に設けられた狭いスペースで、三方を取り囲む棚に両方のコテージで使う食料をしまってある。薄暗い室内には腰の高さほどの窓があり、裏手の森に面していた。未知の窃盗犯が二度も乱暴にこじ開けたのはこの窓だった。

しかし今、室内の様子もその中身も、また侵入の手口も、私の頭からすっかり消え去った。恐怖のせいで動くことも口を開くこともできぬまま、ドアノブを固く握りしめ、幽霊でも目にしたかのように反対側の窓を見つめていたのである。

実際、それは幽霊だったかもしれない——外の霧を背景に青白い人影がぼんやりと現われ、この狭い一角を死神の如く闇で包むとともに、薄汚れた窓ガラスに真っ白い不気味な顔を押しつけていたのだ。

第十一章　伯父の頭痛薬

自分が何を口走ったのか、今もよく憶えていない。それどころか、何かを言ったかすらも定かではない。不意に現われたその幽霊はただ恐ろしく、私は何も言えずその場に凍りついた。悪夢の中の夢遊病者にも見えるその人影を、目を開いて見るしかできなかったのだ。

背後から近づくクリフトン伯父のしっかりした足音が、私にかけられた呪いを打ち破った。私は振り向き、伯父の腕を必死に摑んだ。

「み、見てください！」それだけ言うのが精一杯だ。

「何を？」

「あそこ——窓のところを！」

そちらを指差そうと手を上げたものの、すぐにだらりと下ろした。私が振り向いている数秒間のうちに、幽霊は姿を消していた。

「何があったんだ、ケント？」伯父が鋭い声で尋ねる。

「顔が——こっちをじっと見ていたんです！」私は声を上げた。「誰かが窓から——」

伯父は私を押しのけ、窓枠に顔を近づけた。

「どういう顔だった？　男か？　女か？」

「さあ、はっきりとは……ただ驚いて——」

伯父は取り替えられたばかりの錠を引いてみたが、窓はびくともしない。それを確かめると私の横を通り、リトル・デンの勝手口に向かった。

伯父がドアを押し開けたとき、私はすぐ後ろにいた。ふと振り向くと、幽霊のような人影が前方の小道を逃げてゆく。

その瞬間、脳裏に焼き付けられた人影の正体が分かったような気がした。いや、それがジュリー・トレンチであることをはっきり認識したのだ。

「ここで何をしている、ジュリー」

伯父の声はなぜか厳しかった。ジュリーは霧の中からこちらへ近づき、何かを哀願するように両手を突き出した。身にまとっている白いスポーツシャツ以上に、顔が青ざめている。

「怖いの！」ジュリーは口ごもるように言った。「一人きりで——」

「ジャスパーは？」

その問いかけにジュリーは目を大きく見開いた。まるで見えざる恐怖に囚われたかのようだ。

「わかんない。いなくなっちゃったのよ、部屋に戻るからと言って。だけど裏口から出て行く音が——」

そのとき、濡れた石の上でジュリーが足を滑らせた。倒れ込む彼女の腕を伯父が摑んでやる。

「落ち着くんだ、ジュリー。地面がこんなに濡れているんだから、ゴム底の靴じゃ危ないぞ。靴の泥はどこでついた？」

ジュリーは泥まみれの靴をぽかんと見下ろした。

「わからない」相変わらず夢遊病者のような声だ。「道から外れちゃったのね」

伯父は彼女の身体を支えながら、消えつつある霧に目を向けた。

「彼女を連れてビッグ・デンに戻ってくれ、ケント。私が戻るまで一緒にいるんだ」

私は渋々、伯父の命令に従った。振り返ると、伯父はリトル・デンの向こうに姿を消した。正体不明の侵入者を追いかけるのか？　雨に濡れた落ち葉だらけの森の中で、侵入者の足跡を見つけられるのか？

ジュリーは呆然と歩きながら、湖畔のビッグ・デンに着くまで一度も口を開かなかった。ベッドに横たわると再び目を閉じ、昏睡したかのように深い寝息を立て始める。

私は何もできないことに苛立ちながら、彼女の横にしばらく座った。やがて立ち上がると、忍び足で階段の下に向かって耳を澄ませた。

二階から物音は聞こえない。ジャスパーが部屋にいるなら、死んでいるか寝ているかのどちらかだろう。

最後にもう一度ジュリーを見てから、軋む階段をできるだけ静かに上ってジャスパーの部屋の前で立ち止まり、しばらく耳を澄ませた。そして扉をそっと開け、室内に視線を向けた。

部屋には誰もいない！

私はなぜここに来たのかと考えながら、部屋の入り口でしばらく迷った。忍び込んでベッドの下を見てみようと思わせた原因は、もちろん今でも説明できない。

ロープが消えている！

立ち上がって室内を見回す。今さらながらどこかに隠したのか？　あるいは伯父が持ち去ったのか？

一瞬、室内を調べようかと考えた。窓の下に置かれた古いトランクが怪しい。喘ぐような声が階下から聞こえなかったら、きっと中身を調べていただろう。

ジャスパーの部屋から抜け出し、忍び足で廊下を進んで階段を駆け下りる。客間に戻ると、ジュリーがソファーの上に起き上がっていた。視線は反対側の窓に張りつき、頭から爪先まで全身を震わせている。

「どうした、ジュリー？」私は声をかけた。

「怖い夢を見ちゃったの」

「どんな？」

ジュリーは声を潜めて続けた。

「だれかがコテージのまわりをうろついていて――窓からこっちを覗き込んで――」

私は無意識のうちに、彼女が見つめている窓のほうに目を向けた。すると、霧の中から人影が現われた。

私は玄関に駆け寄り、ポーチに飛び出した。しかし、そこにいるのはジャスパーだけだった。全身びしょ濡れで、片目の下に醜い傷ができている。

「あいつを見たか？」と、姿を見せた私に問いかける。

「誰を？」

相手は荒く息をしながらこちらにゆっくり近づき、背後のドアを閉めるよう身振りで伝えた。

「私にもわからない」と、低い声で答える。「部屋にいると人影が見えたんだ。いや、物影だったかもしれない。それは湖畔の小道を走っていった。スティーヴ・ラムズデルのコテージがあるほうだ。それで裏口からこっそり後をつけたんだが――」

そこで言葉を切り、息を整えた。

「もう少しというところで、霧の中の低い枝にぶつかってね。目の下を激しくぶつけて、その場にひっくり返ったのさ。立ち上がったときには、もう姿は見えなかった。それだけじゃない。その後小道を戻ったんだが、足跡一つ残っていなかったんだ」

私は語りの巧みさに感心する一方、あくまで疑っていた。それは相手にも伝わったに違いなく、目を細めてこちらを見つめている。向こうは何かを言おうとしたけれど、背後から聞こえた声に二人とも飛び上がった。

「やあ、お二人さん。また事件だってな。何か私にできることは?」

振り向くと、スティーヴ・ラムズデル氏がステップの下に立ち、薄い霧の向こうからこちらを見上げている。年の頃は三十くらい、背が高くがっしりしており、顔はよく日焼けしている。茶色の瞳は一見率直そうだが、狡猾さと不安とが底に沈んでいるようだ。初日の夜の出来事に惹きつけられてコテージを訪れていたはずなのに、面と向かって会うのはこれが初めてだった。

相手をよく知っているらしいジャスパーは私を紹介し、二重の悲劇を鮮やかな言葉で語りだした。しかし私の心は殺人でなく、クリフトン伯父に向いていた。なぜ姿を見せないのか? 貯蔵庫の窓に現われた幽霊の足跡を突き止めたのだろうか? あるいはすでに捕らえたのか?

私は挨拶もそこそこにリトル・デンへと急いだ。しかし不安は杞憂に終わった。建物の角を曲がると、伯父の姿が目に飛び込んだ。正方形の小さな窓の前に立ち、地面をぼんやり見つめている。

「何か見つかりました？」

伯父は首をゆっくり振った。

「いや。たぶん二人とも幽霊を見たんだな」

私は以前の失敗を思い出して顔を赤らめた。

「そうは思えませんでしたよ。足跡はなかったんですか？」

「足跡？　ああ、山ほどあるぞ。だが、一人の足跡かそれとも複数の人間の足跡なのか……それに、これらが今つけられたのか、あるいは昨夜、もしくは一昨日の晩につけられたのかもわからない」

私は伯父の横に立ち、不可解極まりないこの手がかりを見下ろした。確かに足跡があちらこちらに残っている。窓の下の地面も足跡で乱れていた。大きいのもあれば小さいのもあり、ゴム底のものもあれば皮底のものもある。それらに混じって、伯父自身のものと思われる足跡もあった。しかし、落ち葉が厚く積もった小道のほうにはほとんど残っておらず、追跡するのはとても無理だった。

「想像もしなかっただろう、ケント？」と、キャンディーミントを口に放りながら問いかける。

「もちろんですよ！　そうか、ジャスパーもそれを見たんだ」

「いつ？」

「たった今です。誰かを追いかけて――」

「詳しく話してくれ」

話を聞き終えた伯父は、疑うように首を振った。

「妄想だ！」

「いや、作り話でしょう」私はそう訂正した。

伯父は笑みを浮かべたが、そこには疲れの色が見えた。

「今でもジャスパーが犯人だと思ってるんだな？」

「そうでなければ、どうしてロープを隠すんです？」

伯父は眉をひそめた。

「それもそうだな。しかし仮説ならいくつか立てられるぞ。まず――」

私はその先を遮った。

「探しに行かないんですか？」

「誰を？」

「ジャスパーが目撃した人影――いや、目撃したという人影ですよ」

伯父は私から目を逸らし、再び首を左右に振った。

「それは無意味だよ。ジャスパーが嘘をついたか、あるいは幻覚を見たかのどちらかであれば、後を追っても意味はない――少なくとも今はな」

そう言って振り向き、ビッグ・デンへの道を歩きだす。私は伯父の後を追いながら、突如湧き起こった疑惑を抑え込もうと必死だった。

ルーン・レイクに着いてから初めて、クリフトン・ブレントウッドその人への疑いに揺さぶられていたのだ。

目の前にある手がかりを避けようとしたのはなぜか？　ジャスパーの話をどう考えようと、少なくともこの目でみたことには自信があった。

直接的か間接的かにかかわらず、伯父もこの忌まわしい事件全体に関係しているのだろうか？　そんなことが有り得るのか？

　邪悪な惨劇にすっかり囚われてしまった私は、今や誰をも疑う状態にあった。しかしその考えが明らかに馬鹿げていると気づいたのは、クリフトン伯父を追い越したちょうどそのとき、ジャスパーとスティーヴ・ラムズデルの姿を目にしたことがきっかけだった。

　ジャスパーとスティーヴは顔を寄せ合い、話に夢中になっていた。それからいくぶんぎこちなく、二人は別れた。

「やあ、ブレントウッドさん！」と、スティーヴが挨拶する。無理に親密さを装った口調だ。「手伝えることはないかと、ちょっと立ち寄ったところなんですよ」

「それはありがとう、スティーヴ」心ここに在らずといった様子で伯父は返事をした。「助かるよ。何かあったら連絡させてもらおう」

　ラムズデル氏は急にそわそわしてジャスパーをちらりと見た。

「私はもう行くよ」

　私たちに短く頷き、草が茂る小道を自分のコテージへと戻っていく。私はその後ろ姿を見つめながら、新たな謎に頭を悩ませていた。

　スティーヴ・ラムズデルもなんらかの形でルーン・レイクの連続殺人に関わっているのだろうか？私たちと出会うまでジャスパーと何を話し合っていたのか？

　そのときエンジン音が耳に飛び込んだ。それがカブ号のものだと知るや、私はそちらへ駆けだした。デイヴィッドとエニッドはルーン・ハーバーでさっさと用事を済ませたようだ。あるいはいつの間にか時間が経っていたのか？

時計を見ると十一時五分前である。霧は消えかかっていたけれど、空には灰色の雲が厚く垂れ込め、湿気を含んだ空気が濡れた経帷子の如くまとわりついていた。私は小さく震えながら、プレンダーギャスト兄妹を出迎えるべく船着き場に下り立った。

立て続けに起きた三重の悲劇にもかかわらず、デイヴィッドは相変わらず陽気そのものに見える。カブ号の操舵席から盛んに手を振り、エニッドがボートを横付けする中、船着き場で逆立ちするほどだ。

「変わったことは?」と、立ち上がってから尋ねる。

「特に何も」そう言いながら、私は船着き場に軽々と飛び上がるエニッドの姿を見ていた。「誰かがコテージのまわりをうろついているのを見たんだ――いや、そう思っただけかもしれないけどね。探したけれど結局見つからなかったよ」

デイヴィッドの表情が曇った。

「ジェイクか?」そうであってほしいというように尋ねる。「いや、違うに決まってる。保安官に捕まってたんだ。だとすると、一体誰だろう?」

私は首を振った。

「伯父は幽霊じゃないかと言っている」

デイヴィッドは眉をひそめ、それからニヤリと笑った。

「お化けだって?」と、甲高い声で言う。「お化けブラシの謎、か? ケント、伯父さんはコナン・ドイルの小説に夢中のようだな」

私は口を尖らせて伯父を弁護した――それはおそらく、私自身の秘めたる疑いのせいだろう。

「伯父さんの趣味なんて知らないよ！」と、声を上げる。「それがなんであれ、伯父さんがそう考えるからには理由があるんだ！　幽霊と言うなら――」

伯父がポーチに姿を見せたので、私は言葉を飲み込んだ。その顔は厳しく引き締まっている。

「昼食前にルーン・ハーバーへ行こうと思うが、お前も来るか？」

私が頷くと、デイヴィッドが近づいてきた。

「幽霊を探しに行くんだろう」いたずらっぽくそう言って、私に反論されるより早く、陽気に口笛を吹きながらステップを上っていった。

私は顔を真っ赤にさせたままボートに乗り込んだ。伯父はデイヴィッドの後ろ姿に興味深げな視線を向けている。

「お前たち、何を言い争ってたんだ？」

私が答えをはぐらかしているうちに、ボートは船着き場を離れた。デイヴィッドの当てこすりは私の疑いを新たにした。もちろん、探偵として以外に伯父が事件に関係しているなど考えられない。しかし謎に満ちた出来事を超常現象のせいにして、あえて避けたのはどういうわけか？

ルーン・ハーバーに向かう間、私たちはほとんど無言だった。カブ湾を出てレイナード・ロックを過ぎると、伯父はスロットルを前に倒した。灰色に淀んだ湖面を、ボートは全速力で切り裂いてゆく。目深にかぶった帽子の下に見える伯父の顔は、何者をも寄せ付けぬかのように引き締まっていた。

一方の私は何も話す気になれないまま目眩を起こしたように座り込み、心にのしかかる疑い――そして追い払っても消えることのない、形のない恐怖――を振り払おうとしていた。

ルーン・ハーバーに近づいたところで、私は重苦しい沈黙を破ることにした。

「なぜ急に出かけたんです？」と、努めて平静に尋ねる。「ここで犯人が見つかるとでも？」

答える口調は軽かったが、視線は真剣そのものだった。

「そうじゃない。しかしいくつか知りたいことがわかると思う。それに頭痛薬がほしいんだ。朝から頭痛がひどくてね」

伯父は波止場にボートを繫留すると、板張りの通路を早足で歩いて避暑地のメインストリートに出た。

「お前は何か買わないのか？」と、波打つ歩道に立ち止まって私に訊く。

間違っているに違いないが、私はその言葉をこう解釈した。つまり、自分を一人にしてもらいたい、と。私はむっとして通りの反対側に目をやった。そこにはルーン・ハーバーで唯一の薬局があり、陰鬱な天気の中、ウインドウに並ぶ色とりどりの薬品が一層際立っていた。

「薬局でミルクシェイクを飲んできます。あとカミソリの刃も買わなくちゃ。持ってくるのを忘れたもので」

伯父は短く頷いた。

「それがいいな。じゃあ、用が済んだらそこで落ち合おう。あと、キャンディーミントを買うのを思い出させてくれよ」

店に入ると十名ほどの客が何やら話し込んでいたが、話題はすぐにわかった。大きな目と立派な喉仏をした学生らしき店番も、私の確信を裏付けた。

「今朝、湖畔のコテージで事件がありましてね」と、グラスにシロップを注ぎながら口にする。「三人が絞め殺されて、一人が射殺されたらしいんです」

「それは初耳だな」私はもっともらしくそう答えた。正体を知られていないのが幸いだ。

「そういう話ですよ」と、電動シェイカーを動かしながら肩越しに答える。「ご存じないんですか？」

首を左右に振ると、恐ろしいながらも不正確な情報を山ほど聞かされた。私はシェイクを急いで飲み干しその場を離たが、することもないので色鮮やかな絵葉書が立ち並ぶ出口脇の棚を観察した。

どれくらいそこに立っていただろうか、私は観察されていることに気づいた。絵葉書の棚からその隣にかけられた鏡へと、さりげなく視線をずらす。しかし店内が映る鏡を見ても、こちらに視線を向けている人物はいなかった。それどころか、いつの間にか店内から客が消えている。

鏡から目を離し、横の窓に移す。外の歩道に女性が一人立っていて、陳列された品々をじっと見ている。こちらなど一顧だにしていない。にもかかわらず、目を向けるのが一瞬遅れたせいで向こうが見ていることに気づかなかったのだと、私は本能的に感じた。

不思議に思いながらも、今度はこちらが彼女を観察した。年齢は四十歳くらい、スポーツウェアをおしゃれに着こなし、均整のとれた色白の顔をつばの広いサマーハットで隠している。

以前に会ったことがないのは確かだ。知り合いの誰かと似ているはずなのに、それが誰かは思い出せない。

しばらくすると女性はさりげなくその場を離れ、ルーン・ハーバー・ハウスのほうへと通りを歩いていった。私も同じように何気なく後を追い、ドアを開けながら彼女の後ろ姿に目をやった。

「私を探していたのか、ケント？」

ぎょっとして振り向くと、反対の方向から伯父が近づいてきた。足取りがいかにも重く、ここに来てからこれほど疲れた様子を見たのは初めてだった。

「いいえ」私は答えた。「あの女性ですが、伯父さん知ってますか？」

「どの女性だ？」

驚いたことに、歩道には誰もいなかった。謎の女性は完全に姿を消したのだ。

「誰だったんだ？」と、伯父が尋ねる。

「僕にもわかりません。だけど、知り合いの誰かに似てましたよ。向こうも僕を知っている様子でした。これってつまり——」

伯父は眉を吊り上げた。

「女性と密造酒には深入りするな」皮肉たっぷりの口調だ。「すぐに別のが現われる」

「伯父さんこそ大丈夫ですか？」私は話題を変えようとしてそう言った。「頭痛薬は買いました？」

「いや、これからだ。さあ行こう」

伯父は先に薬局へ入り、小さなテーブルのそばに腰を下ろした。私もその横に座ろうとしたところ、反対側の壁に並ぶ貸し本の棚が目に入った。それを見るとどうしても惹きつけられてしまう。

私は棚に近づいて本のタイトルを調べた。視線の片隅では、泡立つ液体の入ったグラスを店員がテーブルに運んでいる。伯父は頭を後ろに反らせ、中身をぐいと飲み干した。それからしばらく目を閉じていたが、片手で額を押さえつつ、もう片方の手を口のほうへ持っていった。

「こんなときにもキャンディーミント、か」私は呟いた。「あれじゃあ頭痛になるわけだ」

そのとき、読みたくて仕方なかった本が見つかった。カウンターに持っていくと、係員が名前と日付を記録する。私は宝物のようにその本を抱え、伯父のもとに戻った。

伯父はさっきと同じ格好で座っていた——テーブルに肘をつきながら、片手で頭を押さえている。

「もう行きましょうか、伯父さん?」私は呼びかけた。

しかし伯父は無言のまま動こうとしない。

その様子に、私は漠然とした不安を抱いた。伯父の横に立ち、肩に手を置く。

「クリフ伯父さん!」

次の瞬間、私は後ろによろめき、無意識のうちに噴水の端を摑んで身体を支えた。

私が軽く触れると、クリフトン伯父は横にゆっくりとのめり、音を立てて地面に倒れ込んだ。ぴくりともせずその場に横たわり、こわばった瞼から白目が覗いている。四角張った顔は死人のように蒼白だった。

第十二章　二つのメッセージ

私は今に至るまで、その場に居合わせた薬局の店員に感謝している。とは言うものの、彼の名前すら知らないのだが。私が動いたり口を開いたりするより早く、彼はカウンターから駆けつけてクリフトン伯父のそばに跪くと、顔を近づけ、慣れた手つきで手首の脈拍を測った。

「一体どうしたんだ？」私はわめくように訊いた。「発作なのか？」

立ち上がるときに店員が見せた表情は、私をぎょっとさせた。

「違う！」と、ぶっきらぼうに答える。「身体を持ち上げるから手伝ってくれ！　さあ、早く！」

幸い、店内には誰もいなかった。二人して重たい身体を持ち上げ、裏の小部屋に運び込む。店員は大きく息をついてくるりと身を翻し、ドアのほうへ走った。

私はその腕を摑んだ。

「どこに行くんだ？　一体何が起きたんだ？」

店員は大きく目を見開くと、私の手を振り払った。

「毒を盛られたんだよ！」そう声を上げ、その場を立ち去る。

私は立ちつくしたまま、伯父をぼんやりと見下ろした。そのうち乳白色の液体が入ったグラスとともに店員が戻ってきて、伯父の口をこじ開けるようにして飲ませた。

「こっちに来るんだ！」と、肩越しにこちらを見て呼びかける。「手伝ってくれ！」

続く五分間の記憶は残っていない。現実とは思えない恐ろしい悪夢。二人とも滝のような汗を流したことは憶えている。店員が息を切らせながらようやく立ち上がり、汗に濡れた顔を拭うまで、かなりの時間が経ったように思われた。

「危ないところだったな」と、激しい呼吸の合間に告げる。「あと五分遅かったら――」

伯父の瞼が痙攣し、唇が弱々しく動く。私はその言葉を聞こうと顔を近づけた。

「申し訳ない……気づくべきだった……私のミスだ……」

そのとき、有無を言わさぬノックの音が聞こえた。店員がドアを開けると、光り輝く真鍮のボタンが目に入った。

「何があったんだ？　自殺未遂か？」

店員は一瞬躊躇した。

「いいえ。気絶しただけですよ。もう大丈夫です」

警官は何かを呟きながら、渋々ドアを閉めた。店員はこちらに戻ると、何かを伝えるように私の目を見つめた。

「あれだから警官は嫌いなんだ。知らぬが仏という言葉もあるからな」

その言葉の意味を考えるにつれ、私は驚愕して相手を見つめた。

「まさか君は――」

「まさか、なんだ？　この人が自分で毒を飲んだ、ってか？」

私は無言で頷いた。

「ああ、そうさ！　この目で見たからな。口の中に放り込んで、一分後にはその場にバタン、さ」

私は言い返そうとしたけれど、口も舌も凍りついたように動かなかった。伯父への疑いが濃度を十倍に増して脳裏をよぎる――外部の人間が犯人だと主張したのは不可解だし、謎の殺人犯（私はすでにそう信じていた）の追跡に反対したのもわからない。

クリフトン・ブレントウッドは自らの犯行を悔やみ、最も安易な方法を選んだのか？　先ほどの呟きは罪の告白なのか？

「とにかく、ちゃんと見たんだぞ」店員がなおも言い張る。「小さな白い錠剤だ。あれは絶対――」

私は安心して大声で笑った。

「へえ、そう？　それはただのキャンディーミントだよ。伯父はいつも――」

「いや……そうじゃない……」

背後から途切れ途切れの言葉が聞こえたので、私たち二人は振り向いた。見ると真っ青な顔をした伯父が起き上がろうとしている。

「ちがう――そうじゃないんだ――ケント！」と、息を喘がせながら続ける。「ミントの中じゃないんだ！　誰かが――包みの中に――」

「デンの誰かですか？」私は信じられない思いで訊いた。

伯父は荒く息をしながらソファーに背をもたせ、警告するように私を見据えた。しかし不用意なひと言を訂正するより早く、店員が興奮した口調で割り込んだ。

「あなた――ブレントウッドさんですね？　例の殺人と関係あるんですか？」

伯父はその顔を一瞬見つめてから答えた。

「ああ、あるさ。手を貸してくれるか？」

「もちろんですよ！」店員は嬉しげに声を上げた。「何をすればいいんです？」

「まず、このことは言わないでもらいたい――誰にもだ。質問されたら心臓発作を起こしたことにしてくれ。そしてもう一つ――毒の種類はわかったか？」

店員は頷いた。

「青酸ですね。飲まされたのがここで本当によかったですよ！　これが湖のど真ん中やキャンプ場だったら――」

恐るべき企みの全体像が脳裏にひらめき、脚から突然力が脱けた。森の中を歩いているときか、ボートで釣りをしているときか、湖で水浴びをしているときか、あるいは船着き場からダイビングしているときか――クリフトン・ブレントウッドはそうと知らず毒入りのキャンディーミントを口に放り込む。そして医学の力が及ばない、無慈悲で恐ろしい突然の死が彼を襲うのだ。

伯父も私の考えを読み取ったらしい。顔色がさらに青白くなり、再びソファーに横たわった。

「まだ回復していないようだ」と、かすかに顔をしかめる。「もう少しここにいてもいいかな？」

「好きなだけいてくださって結構ですよ、ブレントウッドさん」と、店員が急き込むように答える。

「全身に回るより早く毒は排出されたと思うんですが、用心に越したことはありませんからね。本当に危ないところでしたよ」

伯父はポケットをまさぐり、不安げに私たちを見上げた。

「君たち、キャンディーミントの包みを持ってないか？」

二人同時に首を振ると、伯父の表情が晴れた。

「ああ、思い出したよ。あれが最後の一つだった。テーブルの下にアルミの包み紙を落としたはずだが、まだそこにあるか見てきてほしい」

店員が即座に駆けだし、勝ち誇った表情を浮かべて戻ってきた。手にはしわくちゃになった銀色の紙切れが握られている。そしてそれを、注意深く鼻先に近づけた。

「毒の検査をしましょうか？」

伯父が頷いたので、店員は瞳を輝かせて再び姿を消した。伯父はその後ろ姿を見ながら、弱々しく笑みを浮かべた。

「なんだか楽しんでるようだな。まあ、悪い奴ではなかろう、鍵をかけてくれるか、ケント？」

私が言いつけどおりにバネ錠を回すと、伯父は目を閉じ低い声で話し始めた。

「経緯は簡単だ。誰かが毒入りのキャンディーミントとすり替えたんだよ。包みから一粒取り出し、青酸に浸してからすり替えたのかもしれない。今思えば、他のミントより柔らかかったように思う。口に入れたらすぐに溶けるほど柔らかかったんだ」

「しかし、最後の一粒だったのはどういうわけです？」

「たまたま反対側から開けてしまったのさ。本当は最初の一粒になるはずだったんだ」

「いつ包みを開けたんです？」

「昨夜――いや、今朝だ。覚えてるか、包みを取りに二階へ上がり、その後みんなに回したのを？」

「思い出しましたよ！」私は思わず声を上げた。「そしてみんな一粒ずつ口に入れた！」

伯父は深刻な表情のまま笑みを浮かべた。

「そのとおり。だがその前に、私が最初の一粒を口にしていたはずなんだ！」

「どこでそれを買ったんです?」私は一瞬間を置いてから訊いた。

「ノース・パイクだ」

「それなら、昨日の朝からデンにあったんですね?」

「ああ」

「誰かがその包みに近づくことはできましたか?」

伯父は弱々しく頷くと、額を手で拭った。

「中からでも──あるいは外からでも」

私は相手をぼんやり見つめた。

「つまり──」

「つまり」と、少々苛立たしげに伯父が続ける。「デンの人間かどうかはわからないということだ。製造途中、あるいは棚に並んでいるときに毒を仕込まれたのかもしれない──」

突然、私はひらめいた。

「買ったのはパーディーの店ですよね?」

伯父は頷いた。

「ジェイク──あるいはミニーの仕業だと?」

そう言うと、伯父は何かを伝えたそうに肩をすくめた。しかしそれを口にするより早く、ドアを叩く音が聞こえた。

私は急いでそれを開けた。すると、さっきにも増して大きく目を見開いた店員が駆け込んだ。

「やはり青酸でしたよ」そう報告する。

伯父は頷くと明らかに苦しい様子で起き直り、足を床につけた。肘を膝に乗せて頬杖をつき、青い瞳に虚ろな光を浮かべながら、しばらくそのままの姿勢を保つ。やがて鉄灰色の頭を持ち上げ、結論に至った人間の如く立ち上がった。

「もう少しここにいてもいいだろうか？」と、出し抜けに尋ねる。

「もちろんですよ、ブレントウッドさん。僕にできることがあれば――」

伯父は感謝するかのように相手の肩に手を置いた。

「本当にありがとう。ここで起きたことは誰にも知られたくないんだ――少なくとも、今はな。だから君にも黙っていてもらいたい。私はこれから店を出て、まだこのあたりにいるかもしれない数人の前に姿を見せる。その後でここに戻り、また横になって休むつもりだ。正直言って気分が優れないのでね。これから起きることを考えれば、体力を完全に回復しておきたいんだ」

そこまで言うと私に視線を向けた。その顔はいまだ痛々しいまでに青白い。

「ケント、私がここにいる間、お前にやってほしいことがいくつかある。本当は自分でするつもりだったんだが――今はお前が頼りだ」

伯父はそう言ってドアに近づき、先へ進んだ。その後を店員がついて行く。それを待つ間、私の頭は渦を巻いていた。

ルーン・レイクの悲劇に幕を下ろす情報を、伯父はすでに摑んでいるのだろうか？　毒入りのキャンディーミントを仕込んだ人物が誰か、すでに見当をつけているのか――あるいは知っているのか？

ドアが再び開いた。伯父はなお一層弱々しい足どりでソファに近づき、どさりと腰を下ろした。額が汗で濡れている。

「いやはや！」と、額を拭いながら声を上げた。「外に出るまでは大丈夫だと思ったんだがな。もう少し休んでいたほうがよさそうだ」

そう言ってソファに横たわり、天井をじっと見つめた。

「さて、ケント。私は一つのことを確かめた――ジャスパーのメッセージだよ。あの晩、電話でメッセージを伝えたのは本当だった。その上で、お前にしてもらいたいことが三つある」

「なんです？」

伯父はこちらを向き、深く沈んだ青い瞳で私を見据えた。

「まず、手紙をとってきてほしい。次に電報局に行き、これから渡す文章を送るんだ。そして最後に、ルーン・ハーバーにダイバーが来ているかどうか確かめてもらいたい」

私は最後の言いつけを聞いて眼をぱちくりさせた。

「ダイバー？」と、オウム返しに繰り返す。「ダイビングが趣味の人間ですか？」

「違う！　深海のダイバーだ」

「ここに海はありませんよ？」私は馬鹿なことを言った。「湖しかないじゃないですか。ダイバーにどういう用があるんです？」

「ここにいるかどうかを突き止めればいい」伯父が続ける。「そうしたら、ここで何をしているかもわかるだろう。それから外でランチを済ませたほうがいいぞ――もう昼過ぎだからな。お前が戻ってくるころには、私の体力も回復しているはずだ」

「伯父さんはまだ食欲がないんですね？」

「それはそうだよ、ケント。さあ、これを」

伯父はそう言って、封筒の裏に書きつけたメッセージを渡した。ニューヨークに宛てたその文章は次のような内容だった。

重要――マックス・プレンダーギャストの元妻の所在がわかり次第、すぐに電報されたし。

「それに私の名前を加えるんだ」ぽかんとしている私に伯父が命じる。「ビルには至急だと伝えること」

「伯父さんは――」

「さあな。全ては返事次第だよ。さあ、急ぐんだ！」

私は頭をぼんやりさせたまま、謎のメッセージを手に駆けだした。しかし入口に立つあの女性に気づかぬほど迂闊ではなかった。彼女は通りのほうを向き、ソーダ店の店員と何やら話し込んでいる。クリフトン伯父が毒に倒れる直前、窓の向こうからこちらを見つめていた女性に違いない。

私はショーケースの裏に素早く身を潜め、彼女が立ち去るのを今や遅しと待ち侘びた。その彼女が歩道へ足をかけるや否や、姿を見られないように店を横切り、店員の腕を摑む。すると相手は、少なくとも一フィートは飛び上がった。

「あれは誰なんだ？」と、問い詰める。

店員は目を見開いて瞬きし、ごくりと唾を飲み込んだ。

「あれは――ああ、なんと言ったっけ！　それより、びっくりさせるなよ」責めるような口調になっている。「ルーン・ハーバー・ハウスの泊まり客でね――いとこがそこを経営してるのさ。ここにもほとんど毎日来てるから、名前も知ってるんだが——」

「どこから来たんだ？」

「それも思い出せないんだよ。なんならいとこに訊いてみようか？」

私はすぐに答えなかった。謎の女性は店の外で立ち止まり、大きなスーツケースを手にどこからともなく現われた二人の男と話し合っている。その横顔は、私が知っている誰かと恐ろしいほどよく似ていた。

「さあ、どうする？」店員が繰り返す。

私はその腕を摑んだ。

「ちょっと、あの二人は誰だい？」

店員は首を伸ばしてそちらを見た。

「初めて見る顔だな。いや、違う！　科学者の二人だよ！」

「どんな？」

「そこまでは知らないな。ここで探索調査をしているんだ。最初は三人だった。口の固い奴らで、ここで何をしているのか誰も知らない。ルーン・マウンテン山道を登ったところにコテージを持っている。そのうち一人はダイバーらしい」

私はぎょっとして店員を見つめた。一瞬、伯父が超能力者ではないかと思えた。

「ダイバーだって？　ダイバーがここで何をしてるんだ？」

その点について、店員は曖昧な答えしか返せなかった。どうやらその科学者たちには秘密事が多く、リゾート地の噂好きな人々を残念がらせているらしい。

ようやく諦めた私は、ルーン・ハーバー・ハウスに電話をかけてもらった。しかし再び通りに目をやったところ、さっきの三人は姿を消していた。

歩道に立って通りを見渡していると、店員の呼びかける声が中から聞こえた。

「ウエストニーというらしい――ミセス・ドーラ・ウエストニー。それを思い出せないとはな」

「ニューヨークから?」

「いや、モントリオールだ。夫はもう亡くなったそうだ。どうだ、美人だろう?」

彼女がプレンダーギャスト元夫人だという急ごしらえの仮説は、棄却せねばならないらしい。今のことを誰にも言わないよう店員に念押ししてから、私はその場を後にした。すぐにでも伯父に伝えたかったけれど、かろうじて我慢した。

すでに一時だったが、ランチをとる気にはなれなかった。通り沿いの軽食堂から上がるホットドッグの匂いを振り切り、郵便局へと急ぐ。

階段を一段とばしに駆け上がり、ドアを押し開けた――すると、エニッド・プレンダーギャストとぶつかりそうになった。

「あら!」と、脇にのけながら声を上げる。「どうしたの、そんなに急いで?」

私は息の下で謝った。

「もうランチの時間よ。どうして戻らなかったの? それにクリフおじさまはどこなの?」

「ランチはここでとったんだ」と、私はとっさに嘘をつき、マスタードが残っていないかどうかを確かめるように口の端を舌なめずりした。「まだ用事が残っていてね。それより、君はここで何を?」

「いいえ、私たちちょっと――」

「私たち、私たち？」

エニッドは隅の机を顎で指した。それまで気づかなかったが、デイヴィッドがそこに座り、しかめ面で手紙を読んでいる。

「僕たち宛ての手紙は届いてるかい？」

デイヴィッドはニヤリと笑みを浮かべてこちらを見上げた。

「いや、届いてないな。ガールフレンドからかい？」

「そんなものはいないよ」ぎこちなくそう答えると、エニッドがこちらに興味深げな視線を向けるので、思わず顔を赤くした。

すると、囲いの中から甲高い声が聞こえた。三人揃ってそちらを振り向く。

青い瞳を輝かせたパトナム局長が、格子の中からこちらを見つめている。その立派な口髭に、檻の中のセイウチを思い出さずにはいられない。

「白い封筒が届いているぞ」と、助け船を出す。「ニューヨークからだが、ボストンから転送されたようだな」

デイヴィッドが机の上に積まれた手紙の山をあさった。そして申し訳なさそうな笑みを浮かべ、マニラ紙の大きな封筒を手にとった。内側にたたまれた垂れぶたから、それより小さな白い封筒の端が突き出ている。

「この中に入ってたのか」そう言いながら中身を取り出し、私に手渡す。「申し訳ない！」

「ああ、それだよ」と、局長が口にする。いつの間にか檻から出て、私たちのそばにいた。「今朝、私書箱の中に入れたはずだ」

デイヴィッドは私に流し目のウインクを送った。

「あなたが見逃すはずはないね。特に葉書は」

「ああ、今日はなまめかしい内容の手紙も来ていたぞ」と、私たちを喜ばせるように局長が頷く。相手の言葉に秘められた皮肉には気づいていないらしい。「去年の夏など、ハーバー・ハウスに泊まっていた人妻が――」

「申し訳ないですが」私はできる限り丁重に局長の話を遮った。「急いでいるんです。クリフ伯父さんを待たせているので」

「いつ戻るんだい？」と、デイヴィッドが尋ねる。

「遅くなるかもな」私は曖昧にそう言い残し、ドアを開けた。

「待て、ちょっと待った！」局長が甲高い声で私を呼び止める。「今朝、殺人事件のことを訊こうと思ったんだがね」

私はエニッドとデイヴィッドを指差した。

「この二人に訊いてください」そう言ってから、全速力で逃げ出した。

ウエスタン・ユニオン社の看板が目に入るまで、三つ目の用件をすっかり忘れていた。事務所に入ると、足の不自由なビルが笑みを浮かべて私を出迎えた。

「ブレントウッドさんはどうしてます？」と、釣銭を数えながら尋ねる。

「元気にしてるよ」そう答えるや否や、自動タイプライターが音を立てて動きだした。「忙しいのかい？」

「ああ、まったくね！」ビルが語気を強めて答える。「あなたのところの騒ぎのせいで、こっちもてんてこ舞いですよ。ほら、今この瞬間も電報が届いている」

ビルはそう言って機械に近づいた。私がブラインドのついたドアを閉めると、背後から甲高い口笛が聞こえた。

「ブレントウッドさん宛ての電報だ！　ちょっと待っててください」

私はそちらに戻った。ビルが紙テープを短く切って黄色の用紙に貼りつけ、それを封筒に入れて封をするのを、カウンターに持たれながらじっと待つ。そして手紙と電報を掴み、薬局への帰路についた。

伯父は窓際の椅子に座っていた。さっきよりずっと調子は良さそうだ。私が室内に駆け込むと、机の上にボストンの新聞が広がっていた。

「慌ててどうした、ケント？」

私は答える代わりに二つのメッセージを突き出した。伯父はまず電報の入った封筒を切り開き、当惑しながら中身を読んだ。次いで封筒の端を切り裂き、中の手紙に目を通す。その顔はさらに深刻さを増していた。

そのまま視線を上げて一瞬虚空を見つめたかと思うと、出し抜けに立ち上がった。

「急ぐぞ、ケント！　デンに戻ろう！」

「一体どうしたんです？」

伯父は二つの封筒を私に突きつけた。

「これが動機なんだ！　いや、迂闊だった！　エニッドかデイヴィッドに訊いていれば――」

しかし私はすでに、手紙を夢中で読み込んでいた。それはニューヨークのさる高名な弁護士事務所の便箋に書かれていたが、レターヘッドに記された名前の一つに覚えがあった。それは伯父の旧友シャーマン・パワーズの名前であり、私もボストンで会ったことがある人物だ。

手紙にはこう記されていた。

ニューヨーク市〇〇番街311イーストに居住していた故マックス・プレンダーギャスト氏による最新の遺言に、残余財産の受遺者として、メリーランド州ポートランド在住ウォーレン・クランフォード氏、及び当市在住アベル・トレンチ氏の名前とともに、貴殿の名が記されていたことをここに通知申し上げます。この地位は『四匹のキツネたち』の一員たる故人の保険条項の下、クランフォード及びトレンチ両氏を含む共同相続人としての地位に加えられるものであります。その内容については、貴殿もすでにご存知のことと思います。

遺言は現時点で検認を受けていないものの、故人の遺志に従い、八月二日にルーン・レイクで発生した事故後すぐ、この通知を送付したものであります。同様の通知は、遺産の管理人たる当事務所により、クランフォード、トレンチ両氏にも送付されたことをここに付け加えます。

手紙から目を上げると、伯父はこちらをじっと見ていた。

「どういう――ことなんですか?」と、どもりながら尋ねる。

「こっちも読むんだ!」伯父は電報を指で叩いた。それを読むに従い、全てがわかった――いや、わかった気がした。

トレンチ氏の死を知った。現時点では貴殿が唯一の相続人。ルーン・レイクで何が起きているのか？　ビシュラ・ダイヤモンドの所在は？　プレンダーギャストは五十万ドル相当と言われる他の宝石とともに、それを常に持ち歩いていた。返信されたし。くれぐれも気をつけて。

シャーマン

第十四章　未知の訪問者

ルーン・ハーバーの波止場を離れると、灰色の低い雲が絶え間なく雨を降らせつつ、湖面をゆっくりと横切っていた。西のほうから冷たい風が吹くものの、太陽が姿を現わす気配はない。まだ昼間にもかかわらず、陰鬱な雲が手の届きそうなほど低く垂れ込め、湖のまわりを不気味な夕暮れのように見せていた。

クリフトン伯父は口元を固く引き締めながらボートを操り、深く沈んだ目で虚空を見つめている。私は操舵席に縮こまって湖の冷気に耐えつつ、得たばかりの知識を駆使して謎を解き明かそうとした。

事件の全体像は今や明らかなように思われた。ガヴァナー・エンディコット号に乗っていたマックス・プレンダーギャストは、ビシュラ・ダイヤモンドを含む五十万ドル相当の宝石とともに湖底へ沈んだ。ダイバーがルーン・ハーバーに来たのはもちろんそのためである。また闇に潜んでいたボートの謎もこれで説明がつく。沈んだ財宝を引き上げようとしていたのだ。

さらに、湖底で見た不気味な化け物の正体に気づき、私は思わず身体を震わせた――あれはダイバーの死体だ。伯父の銃弾によって命を奪われたこの男は、潜水ヘルメットの窓からこちらを見つめていたのである。青白い触手だと思ったのは、周囲を漂う命綱と酸素チューブに違いない。

他の一味は仲間を置き去りにして、あの銃撃戦から逃げ出した！　その日のうちにルーン・ハーバーを後にしたのも間違いないだろう。その後もとどまっていたとしたら、むしろそのほうが不思議だ。それでもなお、謎の一団の正体となると見当もつかなかった。正午にルーン・ハーバーで目撃した女も一味だろう。すると、コテージの周囲をうろつき回り、貯蔵庫から食糧を盗んだり窓から覗き込んだりした挙げ句、無差別に犠牲者の命を奪った人物は誰なのか？

それから私は、幽霊のように惨劇の現場を飛び回る他の人物に考えを向けた――隠れ家をこっそり訪れたジェイク・パーディ、疑わしい行動をとっていたジャスパー・コーリス、奇妙なヒントを与えたジュリー・トレンチ、そして謎の隣人スティーヴ・ラムズデル。

ウッド保安官が事件に関係しているとは思えない。しかし千々に乱れた今の頭では、保安官に対してさえも疑いを抱かずにはいられなかった。

私は伯父の横顔を盗み見た。深刻な表情に浮かぶ何かが、私を勇気づけた。

やがて伯父は舵を切った。確かに存在している目的地へと向けて。そして、この忌まわしい事件が解決を迎えるとすれば、それをもたらすのはクリフトン・ブレントウッドに違いないと確信した。

その日の夜更け、私の仮説を根底から覆す驚くべき発見がなされることを、このときはまだ予想だにしていなかった。

カブ湾まで残り半分の地点を過ぎて初めて、私は口を開いた。

「電報の返事はよかったんですか？」

伯父は上の空という様子でこちらを振り向いた。

「あの女のことか？」と、出し抜けに口にする。「あれはどうでもいい。誰かはわかっているつもりだ。赤毛だっただろう？」

私は殴られたかのような衝撃を受けた。

「ええ、そうでした！　プレンダーギャスト元夫人――エニッドの母親ですね！」

伯父は頷いた。

「エニッドの母親――デイヴィッドの母親でもある。それしか考えられない。そういう女なんだ。彼女はマックスの死を知るとすぐここへ来た。自分に何も遺していないことは十分知っていたし、我々の知らぬ間に宝石を手に入れれば、誰にも気づかれないはずだと判断したんだろう」

「しかし、殺人はどうなんです？」私は思わず声を上げた。「彼女が殺せたはずはないですよ！」

「いや、助けを借りたのさ。一体何人が彼女に手を貸していたのか、私には知る由もない。もしかしたら、岸からウォーレンを射殺したのも――」

「ジェイクも仲間だったんですね？」

「おそらくな」

「それにデイヴィッドもでしょうか？　自分の息子なんですから！」

伯父は何かを考えるように眉をひそめた。

「わかってる、わかってるさ。しかしあといくつか、よくわからないことがある」

「あといくつか？」私は思わず繰り返した。「たった一つでもわかれば、こっちとしてはありがたいですよ！」

「例えば？」

「トレンチ夫妻はどのように殺されたか、です。あの密室の二重殺人は――」

「いや、それはもうわかってるよ」伯父は穏やかにそう答えると、カブ湾の入口へと船首を向けた。

「あとは誰の仕業かさえわかれば――」

カブ号が船着き場に着いてからもまだ、私は驚きのあまり口がきけなかった。岸へとゆっくり上り、ボートから下りる伯父に手を貸してやる。

伯父は私の指を力強く握りながら、しばらくその場に立っていた。見ると、沈んだ顔に皺を寄せている。

「なんとしても、この件にケリをつけるつもりだ」伯父は静かに言った。「結末がどうなろうとも、絶対にケリをつけてやる。私がウォーレンとエイブ、それにマックスの後を追うことになったら、そのときはお前だけが頼りだ」

「クリフ伯父さん――!」

「私の発見した事実と、現時点でまだ疑いに過ぎないことを後で話す。しかし今はまだ早い」

最後にそうだめ押ししてから、伯父はビッグ・デンのほうを向き、無言で立ちつくす私を残して歩きだした。伯父のあまりにも不吉な言葉に、舌がすっかりこわばっている。この忌まわしい場所から伯父とともに離れられるなら、すぐにでもそうしたことだろう。

私はステップの上で伯父を追い越した。その表情は普段の穏やかさを取り戻していたけれど、横に立った私に、口の端から低い声でこう言った。

「いいか、ケント――昼間のことは誰にも言うなよ!」

ビッグ・デンの中に人気はなく、寒々としていた。暖炉の火も消え、湿った空気が室内に満ちている。死のような静寂の中で一瞬、私はさらなる悲劇が起きたのではと恐れた。

柔らかな足音が階段から聞こえ、ジュリーが階段の下に姿を見せた。顔色は相変わらず青ざめているものの、恐怖の表情はそこになく、私たちを見て安心したのかわずかに微笑んだ。

「戻ってきてよかったわ。こんなに遅くまでどこに行ってたの？」

「湖だよ」と、伯父がポケットをまさぐりながら代わりに答える。「ジャスパーは？」

「スティーヴ・ラムズデルのところじゃないかしら。ランチを済ませてからここを出て――」

「君もランチをとったのかい？」

ジュリーは頷いた。

「一緒にベーコンと卵を食べたの――本当に粗末な食事ね。今日はずっと緊張してたから、ジャスパーには迷惑だったでしょうけど」

伯父の手がポケットから離れた。

「キャンディーミントはどうだ、ジュリー？」

差し出したミントの包みを見て、私は思わず息を呑んだ。どうなることかと見ていると、伯父はアルミ箔を破って暖炉に投げ入れた。

ジュリーの手がミントの包みにゆっくり伸びる。だが彼女は顔をしかめ、その手を引っ込めた。

「いいえ、結構ですわ。ペパーミントは好きじゃないの」

伯父は無表情のまま、今度は私に包みを差し出した。同じようにさりげなく振る舞おうとしても、キャンディーミントを口に押し込んだ瞬間、やはり吐き気が込み上げてきた。伯父が倒れたときの記憶があまりに鮮明で、目の前で行なわれた残酷なテストに考えを向ける余裕などなかった。

伯父はキャンディーミントを口に入れると、包みをポケットに戻した。この目的のために薬局で買ったことには気づいていたけれど、甘いキャンディーを事もなげに飲み込む伯父には感嘆せざるを得なかった。

「エニッドとデイヴィッドはまだなのか？」と、伯父が何気なく尋ねる。

ジュリーは先の尖った鼻に皺を寄せた。

「またサーフボードに出かけたんでしょう。私がエニッドなら、ボートで湖を走り回るなんてごめんだわ――」

彼女はそこで口をつぐんだ。ステップをよたよたと上る足音と、ドアノブを回す音が耳に入る。振り向くと、ジャスパー・コーリスがドアを押し開けて室内に入ってきた。両目は輝き、顔も上気している。

いくぶん不安定な足どりで部屋を横切り、暖炉にもたれかかって私たちを見る。通り過ぎたときの口臭から、密造のウイスキーを飲んだのは明らかだった。

「やあ、みんな！」反抗的な口調だ。「ルーン・ハーバーはどうでした？」

「順調にいったよ、ジャスパー」と、伯父が眼を細めて答える。「君はどうだった？」

「最高ですよ！」と、両手を大きく広げて笑顔を浮かべる。「何を持ってきたんです？」

「いつもの悪徳さ」伯父は静かに答えた。「君も一つどうだ？　口臭にいいらしいぞ」

驚く私を横目に、ジャスパーはキャンディーミントの包みを手にとった。覚悟を決めてここに来たのは間違いない。

身体を前後に揺らしながら、もつれる指でアルミ箔をいじる。そして悪態をつきつつ包みの上半分を乱暴に剝ぎ取ると、隅のほうに放り投げた。その勢いで粒があちこちに散らばる。

演技としては申し分ない。心の中で喝采を送らずにはいられなかった。

「畜生！」そう悪態をついて大きく息を吸い込む。「だからこんなものほしくなかったんだ！　口臭だって？　こんな当てつけをして、何を言いたいんです？」

そのとき、窓際に立っていたジュリーが、口喧嘩になりつつあった会話に割り込んだ。

「エニッドたちが戻ってきたわ！」

エニッドとデイヴィッドがくすくす笑いながら現われた。二人は室内の緊張に気づいているのか？　知ってか知らずか、デイヴィッドは口の端に笑みを浮かべたまま、素早く一同を見渡した。

「みんなどうしたんです――戦争会議でも？」

「せ、戦争？」ジュリーがもつれた舌で口にする。

デイヴィッドはさらにニヤリとした。

「知らなかったの？　もうすぐ保安官が来るんだよ」

「保安官？」ジャスパーの顔が突然青ざめる。

デイヴィッドは頷いた。

「レイナード・ロックを通り過ぎたとき、すぐ後ろにいたからね」

ジャスパーは喘ぎとも呻きともつかない言葉を発していたが、私たちが止める間もなくドアの向こうに駆け込み、バタンと音を立てて閉めた。

私たちは驚いて身動き一つできないまま、遠ざかりゆく足音を聞いた。デイヴィッドが追いかけようとしたもののすぐに足を止め、伯父に視線を送った。

「放っておけばいい」そう冷静に言いながら、ポケットに手を伸ばす。またもう一つ、未開封のキャンディーミントを取り出そうとしているのだ。「すぐに戻るだろうさ。君たちも一つどうだ？」

プレンダーギャスト兄妹は躊躇うことなくキャンディーミントを受け取った。エニッドは青い瞳を輝かせながら、それを伯父の顔に近づけている。

「ありがとう、クリフおじさま！　知ってたのね、私が好きなのを」

デイヴィッドが唇に手を近づけたそのとき、銃声が鳴り響いた。くぐもってはいるものの、聞き取れないほどではない。二発目、三発目と後に続く。

私たちは無言のまま、ポーチに駆け出た。銃声はラムズデルのコテージのほうから上がったようだ。一同が耳を澄ませていると、四発目の銃声がさっきよりもはっきりと聞こえ、藪の中で何かのぶつかり合う音が続いた。

「ジェイクがまた逃げ出したんだ」デイヴィッドがそう言い、ニヤリと笑みを浮かべる。「脱獄の常習犯だな」

すると、私たちのデンと隣のコテージとを結ぶ小道から慌ただしい足音が聞こえてきた。次の瞬間、千鳥足のジャスパーが姿を見せ、息を切らせながらステップを上がったかと思うと、一同の横を駆け抜けてデンに入って行こうとした。

「奴には言うなよ！」戸口で振り返り、喘ぐように告げる。

「誰に？」伯父が訊いた。

「保安官さ！」ジャスパーはそう怒鳴ると、勢いよくドアを閉めた。

そのとき、頭に渦巻く思考の中から、一つの考えが明るくきらめいた。

結局、私は正しかった！

今こうして追い詰められたジャスパー・コーリスこそ、やはりルーン・レイクの連続殺人犯なのだ！

　私は勝ち誇るように伯父を見た。すると伯父は、訝しげに眉を吊り上げた。その表情から、疑いを抱いているのは明らかである。それを見て、ようやく得た勝利にもかかわらず、重大な疑問が浮かぶのは仕方なかった。

　保安官がやって来ることを知りながら、ジャスパーはなぜラムズデルのコテージに行くという危険を冒したのか？　それに、隠れ場所なら他にいくらでもあるだろうに、なぜ見つかる可能性が一番高い場所に飛び込んだのか？

　驚きと不安の中、一同がなおも右往左往していると、さっきと同じ方角からドアの閉まる音が聞こえ、注意はそちらに向けられた。

　その直後、保安官の長身が森の中から現われ、早足でこちらに近づいてきた。私たちを見て急に立ち止まり、真剣かつ厳しい顔をこちらに向ける。しかし、その表情のまま数秒ほど私たちをじっと見つめると、予想もしなかった笑みを素朴な顔一面に広げた。

「やあ、みんな！」と、一歩前に出て挨拶する。「コーリスの野郎はどこかね？」

　不安げな沈黙が後に続く。保安官はさらに笑みを広げ、私たちを安心させるように首を振った。

「いや、奴を逮捕するわけじゃない。追いかけていたのは確かだがな。事件の主犯は当然ジェイクで――パイクのブタ箱に閉じ込められているよ」

　今になって振り返ると、私たちの顔に浮かんだ驚きと不信がありありと想像できる。ウッド保安官は内心楽しんでいるのか、憐れみと陽気さが入り混じった顔で私たちを見た。

「中に隠れているんだな？」何もかもお見通しのような言い方だ。「まあいい！　保安官に追われていることをわざわざ伝えに行くような奴など、こっちも用はないからな。

最初は突端からこっそり上陸して、後をつけるつもりだった。ところが上陸するより早く、怯えた様子でスティーヴのところへ駆けていったのさ。するとスティーヴが森の中へ逃げ込んだ。その背中に三、四発撃ったが――無駄だったな。もちろん狙いはわざと外した。とにかく、奴は後で捕まえることにしよう。小物を撃ち殺しても仕方ない」

ウッド保安官の驚くべき饒舌による魔術を最初に打ち破ったのはデイヴィッドだった。彼は顔を真っ赤にして目を見開き、一歩前に踏み出した。

「つまり――ジャスパーがスティーヴに警告したんですか?」

「ああ、そうだ」と、信じられないほど冷静に答える。「『保安官が来たぞ! 保安官が来たぞ!』と大声を上げていたんだ。一マイル離れていても聞こえただろう。音が水面をどう伝わるかは――」

「では、ラムズデルは有罪だと?」デイヴィッドがどもるように確かめる。

「そうさ!」保安官は鼻をこすりながら答えた。「ブタ箱に閉じ込めたジェイクの奴、ちょっと言葉を荒げたら色々と話してくれたよ。言わなかったか、なんとしても話を聞き出すと?」

そのとき伯父が顔を上げ、射るような視線を相手の冷静な表情に向けた。

「ちょっと待った、保安官! スティーヴ・ラムズデルが殺人犯だと言うつもりか?」

「殺人?」

「あいつがクランフォードたちを殺したのか?」

「殺したって? とんでもない! 奴は虫一匹殺せないよ――スコッチのケースを二、三箱、バラバラに叩き壊したことはあるがな」

「それならなぜ追いかける?」と、拍子抜けしたように訊いた。

「酒の密造さ」軽口でも叩くような返事だ。

困惑と怒りの入り混じった沈黙が続く。私はそっと伯父のほうを見た。他の一同と違って、その顔には安心と密かな満足が見て取れる。ゆっくり頷いた伯父は妙に放心した表情を浮かべており、何かを考え込んでいるのは明らかだった。

「この夏、奴とジェイクは湖畔に密造酒をばらまいた」保安官が続ける。「酒は山道を通って夜間にここへ持ち込まれた――カナダとの国境はここから五十マイルと離れていないからな。酒の隠し場所は一マイルほど向こうの古い納屋だ。スティーヴが車でそれをコテージに持ち込み、ジェイクがボートに乗せて湖じゅうを売り歩いたのさ。どこで密造酒を手に入れたのかは謎だ。何回かガサ入れをしたんだが、いつも現場に酒はなかった。しかし今はもう、紛れもない証拠を手に入れたからな」

言い終わると、保安官は自慢げな表情を浮かべたまま、ビッグ・デンへと進んでいった。しかし意外にも、保安官はジャスパーを捕らえるべく室内へ入る代わりに、裏手へ通じる小道に向かった。

「どこに――どこに行くの?」ジュリーが震える声で問いかける。「殺人犯を追いかけるの?」

「殺人犯? まさか――冗談もたいがいにしてほしいね。あの納屋に行って、ラムズデルが回収する前に酒を押さえるのさ。ビーンが反対側から車で来て、現物を押収することになっている」

「じゃあ、殺人犯が誰かはまだわからないんですね?」

保安官は立ち止まり、苛立たしげに鼻をこすった。

「ああ」と、渋々認める。「まだだ。ジェイクに違いないと睨んではいるがね。それで奴に突っ込みを入れると、密造酒の件を吐いたというわけさ。カヌーからあんたら二人に銃を撃ったのも自分たち

——つまり自分とジム・ジョーンズ——だと認めている。あのとき奴らはスティーヴに信号を送っていたんだそうだ。ところがあんたらを政府の人間だと思い込み、正気を失ったというわけさ。奴らは情報を得ていて——」

「すると殺人犯は——」

保安官はうんざりした様子で手を振った。

「すぐに取りかかるよ。それも仕事だからな。保安官という仕事がここまで大変だとは思わなかったよ。ピーボディーの爺さんが保安官をしていた十年間よりも多くのことが、ここ二、三日で立て続けに起きている」

ウッド保安官はそう言って再び森の小道を歩きだした。

「また寄らせてもらうよ」半ば言い訳するような口調だ。「まずはあの納屋が先だ」

そのとき、伯父が意外なことを申し出た。

「私もお供しよう」

かくして一行はデンを出発し、私が昨日の午後に歩いたウエスト・トレイルを進んでいった。デンの住人はみな、一人であろうと複数であろうとその場に取り残されまいと考えたようだ。窓際で会話を盗み聞きしていたジャスパーさえも姿を現わし、保安官と十分距離をとりながら情けなさそうについて来た。

「さっきのことはスティーヴからみんな聞いていたんだ」と、アルコール臭い息を吐きながら私に囁く。私たちは木々が水を滴らせながら立ち並ぶ、陰鬱な坂道を上っていた。「今年の夏はスティーヴが密造酒を売りさばく役なんだ。ジェイクと組んでいることも私は知っていた。今日の午後もあそこで二、三杯飲んでいたんだよ。すると保安官が来ると聞いたので——正気を失ったのさ。ジェイクがいつか密告する、それは薄々感づいていた——あいつはそういう奴なんだ。刑務所行きは間違いない。知ってのとおり第二級犯罪だからな。そうなると、奴はきっと仲間を道連れにする。それにスティーヴは私の親友だし——」

坂が急になったからか、ジャスパーはそこで息を切らせて歩くペースを落とした。私は逆にスピードを上げ、荒く呼吸している伯父に追いついて無言のままその隣を歩いた。すぐ前には保安官の背中が見える。やがて例の空き地に出た。片方の隅には貯蔵庫跡の穴が空いており、もう片方の隅には崩れかかった納屋がある。

私は若干疑わしげにその建物を見た。昨日の午後と同じで、使われている様子は全くない。ウッド保安官は路肩に沿って進み、轍の跡を探そうとした。

「あれが嘘なら——」そう呟く。

伯父に目を向けると、なぜか青ざめた顔で納屋をじっと見つめている。その視線には不安と懐疑が入り混じっていた。

伯父の腕に触れると、はっとしてこちらを向いた。

「どうしたんです、伯父さん?」

だがその返事を聞いて、私は再び混乱した。

「納屋は本当に空き家だろうか?」と、低い声で囁く。「昨日の午後に見つけていれば——」

私は頭をひねらせたまま、同じく低い声で言った。「つまり、酒を密造している人間がここに住んでいると?」

「いや、そうじゃない。そうじゃなくて——」

そのとき、私たち二人を呼ぶ保安官の声が聞こえた。見ると、小走りにこちらへ近づいてくる。片足を引きずりながらも、顔は勝利で輝いていた。

「見つけたぞ！」

「何を？」

「秘密の場所さ。道路を上ったところにあった。奴らは草地を切り拓き、車をそこに隠していたんだ。このままでは何も見つからないと——」

そう言って納屋に向かおうとしたが、伯父の声がそれを止めた。

「私が最初に行って構わないか？」その口調は妙に平坦だった。

保安官が答えるより早く、納屋の中から物音が聞こえた——何かを引っ掻くような神経に障る音だ。

ウッド保安官はさっと振り向いて銃に手をかけながら、高く伸びた草を掻き分けていった。

「聞こえたぞ！」と、しわがれ声を上げる。「すぐに出てこい！　さもないと身体中に穴を開けてやるぞ！」

クリフトン伯父がその後を追いかけ、保安官の腕を摑んだ。

「撃つな、保安官！」その顔は死人のように蒼白だ。「頼むから撃たないでくれ！」

ウッド保安官は驚いた顔をそちらに向けたが、徐々に疑いの色が濃くなった。

「なんと、あんたも一味なのか？　ここで待っていろ。一歩でも動いたら——」

「馬鹿なことを言うな！」伯父が言い返す。「あの納屋に誰がいるのか、断言はできん。虫の知らせに過ぎないのは確かだ。しかし、私の予感が正しければ——」

驚く保安官を横目に、伯父は草を掻き分け納屋に向かった。窓際で立ち止まり、割れた窓ガラスから室内を覗き込む。

残された私たちは麻痺したように立ち尽くし、伯父が戻ってくるまで動けないでいた。

「もういいぞ、保安官！」そう呼びかける伯父の顔は引きつっていた。「銃は必要ない」

私たちは何がなんだかわからぬまま開け放たれた入り口に近づき、中を覗き込んだ。しかし薄暗い室内に目が慣れるまでは、すっかり歪んだ床板と、空の干草置き場の輪郭がぼんやりと見えるだけだった。

しかし瞳孔が収縮するにつれ、反対側の隅で丸くなっている物影が目に入った。

それはすぐに、哀れで醜悪な人影になった。ボロ布のような衣服をまとい、黄色の髪は艶がなくぼさぼさで、狂人特有の熱を帯びた青い瞳をこちらに向けている。それにもかかわらず、その姿には恐ろしいほど見覚えがあった。

信じられない思いで見つめていると、蜘蛛の巣だらけの室内に伯父が入り、波打つ床板の上を歩いていった。そして縮こまっている人影のそばで跪き、震える肩にそっと手を置いた。

伯父が呼びかけて初めて、私は知った。

「マックス！　マックス！」その声には無限の愛情がこもっていた。

第十四章　殺人犯再び

続く数時間でルーン・レイクの忌まわしいドラマは悲劇的結末に向けて急展開したのだが、その間の出来事を短くまとめるのは難しい。ここですべきはそれらを詳しく思い出すことでなく、むしろ本質に関係ないものを切り捨てることだろう。かくも短時間に様々なことが起きたので、その大半は飛ばすか要約するかせねばならない。ハイライトだけで十分過ぎるほど十分なのだから。

第一にマックス・プレンダーギャスト――彼は沈みゆくガヴァナー・エンリコット号から逃れ、半死半生のままどうにか岸に辿り着いたらしい。頭をおかしくしたマックスは本能的にデンの近くにとどまり、恐ろしいほど巧みにキャンプ地の周囲をうろつきながら、生きるために貯蔵庫から食料を盗み出した。無人の納屋に寝ることもあれば、森の中で寝ることもあったようだ。しかし知能を失いながらも、首にビシュラ・ダイヤモンドをかけ、五十万ドル相当の宝石が詰まったセーム革のバッグを肌身離さず持ち歩いていたのである。

途切れ途切れの呟きと、私たち自身が体験した事態の推移とを組み合わせることで、マックスの冒険譚は明らかになった。それについては一章丸ごと割く価値がある。またデンへの帰路も一苦労だった。喚き、震え、そして訳のわからぬことを呟くこの人物を、デイヴィッドと私は案山子のように半ば引きずり、半ば持ち上げ運んでいった。だが二人の若者に身体をしっかり摑まれていたにもかかわらず、狂ったように森へ逃げ出すこともあった。あやうく見失いそうになったけれど、なんとか捕まえることができた。

しかし奇妙なことに、リトル・デンの一室に閉じこもった瞬間、マックスは憑き物が落ちたかのように静かになった。ベッドに大人しく横たわり、エニッドがスプーンで飲ませるホットスープを、震える唇の間から貪るように口にする。大きく見開かれた青白い瞳だけが、その浮かされた頭脳に潜む狂気を物語っていた。

ウッド保安官は密造酒のことなどすっかり忘れ、医者を呼んでくると言ってルーン・ハーバーに急行した。いつもの快活さを失ったデイヴィッドは、エニッドとクリフトン伯父によって部屋から追い出されるまで、父親のまわりを不安げに歩き回っていた。マックスは継娘のいる場では落ち着いているものの、他の誰かが近づくとシーツの下に身を隠し、セーム革のバックを摑んだまま、赤ん坊のように何やら呟く有様だった。

伯父もみんなと同じくこの事実に驚愕したらしく、両手を握り締めてポーチをゆっくり歩き回り、何やら考え込んでいる。

私がステップを上ると、伯父はこちらに視線を向けた。

「ハンカチの件は突き止めたよ、ケント」と、こちらの機先を制する。「言うのを忘れてたんだ」

「ハンカチって?」私はびっくりして訊き返した。

「お前がノース・パイクの波止場で拾ったハンカチさ」

「あの、端が結び合わされた?」

「そう」

「誰のだったんです?」

「ウォーレンのだ」

私はよくわからないというように相手を見た。

「それで?」

伯父はキャンディーミントを口に放り込み、ぎょっとする私に小さく笑みを浮かべた。

「いや、これは大丈夫だ。こんなもの、見るのも嫌だろうな」

「でしょうね。それより、あのハンカチは――」

伯父はキャンディーミントを嚙み砕いた。

「目的はもうわかったと思う。それに誰が使ったのかもな。だんだんはっきりしてきたよ。後は――」

伯父はそこで言葉を切り、不安げに皺を寄せて湖を見渡した。私は困惑して眉をひそめた。

「それじゃあ、マックス・プレンダーギャストは関係していないと?」

「何に?」

「殺人にですよ」

その途端、伯父の顔が怒りでどす黒くなった。

「マックスが?　あれを見ろ!　正気を失っているじゃないか!」

「考えられなくはないでしょう」むきになって言い返す。「正気を失った人間は――」

伯父はそれを遮った。

「どうやってボートの上のウォーレンを撃ち殺せたんだ?」

「それは他の誰だって同じです」と、なおも言い張る。「だけど、トレンチ夫妻を殺すのは簡単だったはずだ――コテージのまわりをうろついていたんですからね。もちろん、彼が〝四匹のキツネたち〟の一員なのは知ってますし、そんなはずはないと伯父さんが考えるのもわかります。だけどあの人は正気を失っているんですよ！　自分が何をしたかわかっていないんだ！」

伯父は眉間の皺を寄せ、厳しい顔つきになった。

「お前こそ、自分が何を言っているのかわかっていない！　マックスが犯人などと――」

そこで出し抜けに言葉を切り、その場を立ち去った。階段を下り、今や無人となったスティーヴ・ラムズデルのコテージに通じる小道を歩いてゆく。その後ろ姿を見ながら、私の心は伯父の頑固さに対する反感と、二人の親友を殺され、もう一人も回復する見込みのない心神耗弱に陥った、気の毒この上ない人間への同情で揺れ動いていた。

湖畔の避暑地を夏の間だけ訪れるポーター医師はマホガニーのクリス・クラフト社製ボートを持っていて、それを使えばルーン・ハーバーからの五マイルをわずか五分間で行き来できる。その医師がやって来て慌ただしく立ち去るまで、結局伯父の姿を見かけることはなかった。

「脳炎だな」と、医師はすぐに診断を下した。「今夜は動かさないほうがいい。娘さんをそばに置いておくこと――今の彼には一番の看護婦だからな。あとは私の指示に従って安静にさせること。夜が明けたらもう一度見に来よう」

医師がリトル・デンを後にしたのは七時過ぎだった。残された私たちの間には疑いと恐怖が残り、それは闇が深くなるにつれてますます濃くなっていった。陽はまだ沈んでいなかったけれど、不気味な夕暮れがずっと前からカブ湾を覆い、ウエスト・マウンテンの影を落としている。外はひんやりとしていて、亡霊のような白い霞が湖面と雨に濡れた地面から立ち上り、こそこそ這い回る幽霊の如く灰色の湖と空に溶け込んでいった。

マックス・プレンダーギャストの発見と、彼がデンにいるという事実は、私を安心させるどころか、室内の雰囲気を二重に恐ろしいものにしていた。伯父によれば、学生時代は陽気かつ親切で、いくぶん気まぐれなところがあったというが、とても信じられない。今いるのは、訳のわかないことを口走る不気味な生霊である。やせ衰えたこの人物の存在は、それ自体が一つの脅威だった。

これまでの犯行を立案し、かつ実行に移す腕力と知能が彼にあれば——今夜また激情に駆られて殺人を犯さない保証など、どこにあるだろう？　エニッドが父親と一緒にリトル・デンにいるなんて、生命の危険が迫っていることを意味していないか？

私は暖炉の前から立ち上がり、ドアを開けてポーチに出た。湖は急速に暗さを増している。夜の冷たい空気が薄着越しに襲いかかり、思わず身体を震わせた。

霞みがかった湖の向こうからアビのしわがれた鳴き声がはっきり聞こえ、再び身震いする。不気味な呼び声はそれまでに二度聞いていたが、いずれも残酷な死を予言していた。

今度の犠牲者は誰なのか？

そのとき背後からいきなり音が聞こえ、新たな危険が迫ったのかと振り向いて確かめる間もなく、ただ足をすくめた。しかしそこにはジュリーがいるだけだった。

「遠くまで行っちゃだめよ、ケント。もうすぐ夕食だから——まあ、みんながみんな空腹なわけじゃないけどね。私だってそうよ」

そう言って彼女はドアを閉め、私は寒いポーチに一人取り残された。

そこで私の考えは、もう一つのコテージにいるエニッドに戻った。彼女は今、狡猾な狂人と化した義父と一緒にいる。ポーター医師の指示さえなければ、一緒にいてやりたいほどだった。彼女が危険に晒されていることを考えると、どうしても不安になる。そのとき初めて、私は彼女に惹かれていることを知った。

「何かあったら――」私は半ば声にして呟いた。

後ろでドアが再び開き、デイヴィッドが姿を見せる。薄明かりの下で見るその顔は青白くやつれていたけれど、私を見ていつもの笑みがかすかに戻ったようである。

「また幽霊探しか、ケント?」

「いや」私は真面目そのものの口調で答えた。「エニッドは大丈夫かと思ってね。何せあんなのと――」

危うく「狂人」という言葉を出すところだった。そんな私をデイヴィッドは奇妙な目で見つめている。

「僕も同じことを考えていたんだ。かわいそうなエニッド! 百万ドル積まれたってごめんだね! もちろん父さんは悪くない。だけど、どうしても――」

私は頷いた。デイヴィッドの言葉は私の思いをそのまま映していたのだ。

二人とも無言でその場に立っていると、リトル・デンが建つ森のほうから、枝の折れる鋭い音がはっきり聞こえた。

「なんだろう?」私は思わず口にした。

だがデイヴィッドは首を振った。

「たぶん戻ってきたんだ」私は喘ぎながら言った。「たぶん戻ってきたんだ」

私たちはじっと耳を澄ませたが、その音は二度と聞こえなかった。空耳だろうと納得しかけたそのとき、こそこそ歩き回る物音が聞こえた。今度は空耳などではない。

デイヴィッドに腕を掴まれていなければ、そのまま駆けだしていただろう。彼は自分についてくるよう身ぶりで合図すると、手すりを乗り越えて音もなく地面に下り、注意深くコテージの裏手へ向かっていった。

マツの木が影を落とすこの場所は、今やほとんど闇に包まれていた。目を皿のようにして見回しても、不審者の影は見当たらない。

すると、デイヴィッドが私の手首に触れたかと思うと、小道の反対側にある大きな木の幹に忍び足で進んでいった。薄暗い人影が不意に飛び出し、一目散に森の中へと駆け込んだのはそのときである。デイヴィッドと私は即座に後を追った。周囲は真っ暗で、目でなく耳を頼りに追いかける。目指す獲物――子鹿のように駆ける小柄な人影――がはっきり見えたのは、キャンプ地を取り囲むマツの木立から抜け出し、より明るい崖下の林道に出たときだった。

相手もかなりの勢いで逃げていたが、こちらのほうが速かった。あともう少しというとき、獲物は出し抜けに脇へ逸れ、路傍の藪に飛び込んだ。

デイヴィッドが身を投げて飛びかかる。草の中で格闘がおきたものの、デイヴィッドはこちらが助けに向かうより早く姿を見せ、手を振り払おうと無駄なあがきをしている人影を藪から引きずり出した。

私は二度も見直したけれど、自分の目が信じられなかった。

「ミニー！」

ジェイク・パーディの娘はなおももがきながら、罠にかかった動物のように私たちを睨んでいる。

いつもの魅力的な顔が憎々しげに歪み、私は思わず後ずさった。

「離してよ！」と、喘ぎながら声を上げる。「何もしてないんだから！」

「ここで何をしてたんだ？」デイヴィッドが厳しく問い詰める。

「言ったでしょ、何もしてないって！」

デイヴィッドはミニーの肩を摑み、激しく揺すった。

「嘘をつくな！」初めて聞く荒々しい口調だ。「手に何を持っている？」

そう言って、指の間から見え隠れしていた小さな箱を奪い取る。

「マッチか。これで何をしようとしていた？」

ミニーの小柄な身体がこわばり、反抗心と憎しみに満ちた金切り声を上げる。

「古いあばら屋を燃やそうとしたのよ！　ええ、あんたたちも道連れにしてね！　あんたたちのせいでパパは牢屋に入れられた――そっちだって密造酒を買ってたくせに！　去年、クランフォードはパパに何をしたと思う？　せいせいしたわ、あいつが死んで。トレンチ夫妻が殺されたのもいい気味ね。みんな死ねばいいのよ！」

ミニーは完全に我を失い、怒りと興奮でヒステリックにわめいていた。やがてそれがすすり泣きに変わると、デイヴィッドは顔を上げてこちらに奇妙な視線を向けた。

「このヤマネコのような小娘、どうしたらいいものかね？」

しかし返事をするまでもなかった。デイヴィッドが油断した隙にミニーは手を振り払い、森の中へと駆け込んだのである。

私はその後を追おうとしたが、デイヴィッドに呼び止められた。

「追っても無駄だよ、ケント。それにこの暗さだ、森に逃げ込まれたら捕まえられない。放っておけばいいさ！　いつか本当のことを知るだろうからな。それに、あのマッチで濡れたコテージを燃やせるなどと、本気で考えてるんだろうか？」

「でも戻ってきたらどうする？」下生えを踏む音がかすかに聞こえる闇を見つめながら、私は不安げに訊いた。

しかし、デイヴィッドがくすっと笑ったので安心した。

「まさか！　きっと怯えてるさ。無事逃げられただけでもうけものだよ――あいつだって、それはわかってるはずだ」

闇が急速に深まる中、私たちはゆっくりとした足どりでビッグ・デンに戻った。すると、慌ただしい出発にもかかわらず、気づかれていたことがわかった。デイヴィッドはミニーの脅しを明らかにする一方で、興奮した少女のヒステリックな戯言に過ぎないと一蹴した。しかし、パーディーの娘をここに向かわせた激しい憎悪――ノース・パイクからここまで、ウエスト・トレイル経由でほぼ五マイルはある――は、デイヴィッドの言葉でも拭い去れない不安を私に残した。

私たちの帰りを待って用意された食事は、実に陰鬱な味気ないものになった。ジャスパーはむっつりと顔をしかめ、ほとんど口を開かない。ジュリーも青白い顔のまま何も喋らず、食事もほとんど口にしなかった。ぼんやりとその場に座り、神経質そうにあたりを見回すだけである。伯父もまた無言で、何やら考え込んでいるようだ。私も食欲はほとんどなく、会話をする気にもなれなかった。デイヴィッドだけがいつもに似ず真剣な表情を浮かべながらも、私たちに恐怖の影を投げかけた不吉な黒い幕からみんなの関心を逸らそうとした。しかし成功したとは言えなかった。

エニッドはいなかった。ジュリーは彼女の分も食事を用意していたので、伯父が代わりにそれを平らげた。

伯父によると、マックスはあれからずっと静かで、エニッドも孤独の緊張をよく耐えているらしい。にもかかわらず、私の頭を占めていたのは彼女の身の安全だった。

陰気で退屈な食事が終わったのは九時近くだったが、誰もその場から立ち上がろうとしない。無人島に漂着した難破船の船員の如く寄り集まりながら、自分たちを取り囲む危険を恐れていたのだ。クリフトン伯父がいるにもかかわらず、私はウッド保安官の存在が恋しくなった。

だが奇妙なことに、私たちがようやく立ち上がってから五分と経たないうちに、ビッグ・デンは無人になった。デイヴィッドは義妹を気遣いリトル・デンに出かけた。ジャスパーはいつもの習慣に反し、食後の一服をしようと湖畔を散歩している。そしてジュリーは一人になりたいと言い残し、船着き場のステップを静かに下りていった。ポーチの手すりのそばに立っていると、船着き場の端に座る彼女の白いドレスが、闇の中にぼんやりとした輪郭を映し出していた。

私と伯父はポーチに残り、夜闇の中で視線を交わした。空は鉄のような灰色で、遅ればせながら月が上りつつあることを告げている。その下の湖面と森は漆黒の闇だった。

伯父はキャンディーミントを口に放り込んでから手すりにもたれた。室内から漏れる光が、皺の寄った横顔を照らし出す。

「それで、ケント？」伯父が静かに口を開いた。

「ミニーの犯行だったんでしょうか？」私は衝動的にそう言いながらも、声を潜めるのは忘れなかった。

「さあな」と、ゆっくり答える。「以前は考えもしなかった。しかし今は――」

伯父はそこで言葉を切った。室内の黄色い光が顔の皺をさらに深く見せている。

私は自分の考えに沿って次にこう尋ねた。

「マックスのことは知ってたんですか？」

「そうじゃないかとは疑っていた。私がなぜああいう振る舞いをしたか、お前は疑問に思っているだろう。マックスがどうにかして岸へ上がったということが、いつの間にか頭に浮かんだんだ。そうでなければ、ここらをうろついていた謎の人物を説明できないからな。それに、この私があいつを見つけてやりたかった。あいつを捕らえるために捜索隊が組織されるなんてごめんだからね。昨日の午後、私が一人で出かけたのを憶えてるか？」

私は全てを理解して頷いた。

「マックスを探しに出かけたんだ」と、伯父が続ける。「今朝お前が目撃したのもマックスに違いない。かわいそうに！　一週間ものあいだ、悲惨な日々を送っていたんだ――親友から身を隠し、食料を盗み出さねばならないほどのな」

そこで伯父は口を閉じ、ポーチの反対側に向かった。今なお残る私の疑いを口にするときではなかった。

「伯父さんは――マックスが回復すると思いますか？」私は訊いた。

抑制を取り戻した伯父の声が闇の中から聞こえた。

「それはまだなんとも言えない。マックスのような興奮しやすい人間にとって、こうした経験は肉体だけでなく精神も苦しめたはずだ。肉体的には大丈夫だろう——少なくともポーター医師はそう考えている。だが、正気を取り戻せなければ——死んだも同然じゃないか！」

伯父はそこまで言うと明かりの中に進み、背を向けてステップを下りた。私は無言のままじっと座り、リトル・デンに向かう伯父の足音に耳を澄ませた。

「かわいそうに、クリフ伯父さん！」心の中の言葉は半ば声になっていた。

どれくらいの間、考えにふけりながら座っていただろう。ようやく砂利を踏む素早い足音が聞こえ、伯父が一人きりの散歩から戻ってきたものと思い込んだ。しかし足音の主がデイヴィッドだとわかったとき、私は一種のショックを覚えた。

デイヴィッドは船着き場のステップを駆け上がってきた。室内の明かりに照らされたその顔は、いつもの快活さを失っている。

「こっちは何もなかったか？」

「ああ」

「父さんはぐっすり眠っている。君の伯父さんは？」

「散歩に出かけたよ」

「ジャスパーとジュリーは中かい？」

「ジャスパーも散歩に出かけた。ジュリーは——」

私は手すりの向こうに目をやった。波止場の端に座っていた白い人影は、ずっと前から見えなかった。

ジュリー・トレンチは何一つ言い残すことなく姿を消した。

デイヴィッドは私の驚きに気づかず、両手で頭を抱えたままポーチの椅子に座っている。知り合ってからまだ間もないけれど、ここまで意気消沈しているのは初めてだった。

「これからどうなるんだろうな、ケント?」と、弱々しい声で尋ねる。

私は答えなかった。なぜか不安を覚えていたのだ。ジュリーがいつの間にか姿を消したのがその原因かもしれない。あるいは、闇に包まれた湖畔のどこかで不気味に笑う、アビの鳴き声のせいだろうか。

私は立ち上がってステップを下り、コテージの角を曲がるとその場に立って、木々の間からリトル・デンのほうを不安な思いで見つめた。二階の窓の一つが黄色い光を放っているにもかかわらず、心は晴れなかった。

「父さんの部屋だよ」そばでデイヴィッドが教えてくれた。「どうしてトレンチさんの部屋に寝かせたんだろう? これも神の御心《みこころ》かな。きっと誰も気づかなかったんだ。僕だってそうだから」

そのとき、窓の向こうを不吉な影が横切った。私は思わずどきりとして、デイヴィッドのほうを向いた。

「エニッドだろう」その声は奇妙なまでに緊張していた。「彼女の影が——」

その先は出てこなかった。心臓は止まりそうになり、恐怖で全身が総毛立つ。

次の瞬間、リトル・デンから悲鳴が聞こえた——耳をつんざくナイフのような悲鳴。この世のものとは思えない不自然な声にもかかわらず、エニッドであることはすぐにわかった。

小道を駆け上がる間に悲鳴がもう一度聞こえた。闇の中をつまづきながら、目に見えない障害物を飛び越えてゆく。悲鳴は何度も繰り返され、そのたびに私たちは走るスピードを速めた。まるで悪夢の中を駆けているようだ。

リトル・デンに辿り着いたとき、デイヴィッドは一ヤード先を走っていた。するとドアの向こうから、人影が悲鳴を上げつつ飛び出してきて、全身を震わせすすり泣きながら、デイヴィッドにしがみついた。

「どうしたんだ、エニッド！」と、鋭く問い詰める。

「ああ、デイヴィッド！」エニッドが泣きながら答える。「死んだのよ！」

「誰が死んだって？　父さんか？」

エニッドは闇の中に手を伸ばした。氷のように冷たいそれが触れた瞬間、私は思わず身震いした。

「そうよ！　そうよ！」と、なおも泣き声を上げている。「パパが死んだの――それに宝石もなくなったわ！」

第十五章　炎の中から

私は暗闇の中で目を見開いたまま横たわり、自室の窓に浮かぶ灰色の輪郭を見つめていた。時刻は午前二時近く――マックス・プレンダーギャストの死からほぼ五時間が経っている。

遺体は両手の指をかぎ爪のようにして、心臓のあたりを掻きむしっていた。

こんな遅い時間にもかかわらず、どうしても眠れそうにない。今も私の心を占めていた当夜の悲劇は、これまでの惨劇と奇妙にもつれあっていた。監察医のジェンキンス医師が再びやって来て立ち去り、急いで呼ばれたウッド保安官は、行方不明のミニーを捕らえに向かった。デイヴィッドはマックスの遺体をカブ号に乗せ、ルーン・ハーバーに出かけている。残された私たちはリトル・デンを引き払い、湖畔のコテージに寄り集まっていた。その夜は少なくとも私にとって、終生忘れ得ないものになるだろう。

マックスが自然死を迎えたのか殺されたのかは、解剖の結果が出るまでわからないという。緊張によって衰弱した心臓が心不全を起こした可能性もある。しかし硬直した顔に浮かぶ恐怖の表情は、アビの鳴き声が予言するとおりになったことを、ありありと物語っていた。

それに、宝石の入ったバッグもなくなったのではなかったか？

そこで私の考えは、薄気味悪い役目を引き受けて暗い湖に出かけていったデイヴィッドに移る。父親の死はデイヴィッドの明るい性格に隠された何かに触れたらしく、彼にあろうとは思いもしなかった性格の奥深さと決意とを表に引き出した。自分の意志――監察医と保安官を威圧するようにして遺体を運ぶ許可を受け、同行の申し出も断り、あらゆる提案や手助けを跳ねつけた――が反対されたときに見せた獰猛さに、私は思わずたじろいだ。こんなデイヴィッドは初めて見た――好ましいとは言えないが、何歳も大人になったようである。

打ちひしがれたエニッドも同行を申し出たものの、デイヴィッドはそれを一蹴した。また出発間際にやはり同行しようと言いだした伯父も、同じように拒まれた。

「一人で大丈夫ですよ」と、無表情で言い返す。「少なくとも朝になるまで、ミニーは湖に出られませんから。保安官が朝になっても彼女を見つけられないようなら、僕自身が探しに行きます」

「そこまで言うなら、君に任せるよ。だが、もし――」

「僕のことは心配しないでください、ブレントウッドさん。今夜は戻らないかもしれません。そうなったらルーン・ハーバーかノース・パイクに泊まりますよ。それは向こうの――手続き次第です」

そう言ってデイヴィッドは振り向き、小さく咳をしてから船着き場へと駆け下りていった。このときほどデイヴィッド・プレンダーギャストを頼もしいと思ったことはなかった。

天井を見つめていると、新たな考えが様々に浮かんできた。誰も――クリフトン伯父さえも――ルーン・レイク連続殺人の最有力容疑者がジェイク・パーディーの娘であることを疑っていないようである。しかし私には、彼女が犯人だとはどうしても思えなかった。

全ての犯行――ノース・パイクでクランフォード氏を射殺したこと、トレンチ夫妻を密室で殺害したこと、そしてマックスを殺した上で宝石を盗み出したこと――は確かにミニーによるものかもしれない。とは言え、復讐と欲望に取り憑かれた小娘が、血も凍るような犯行を企み、実行したとは思えないのである。

ヒステリーの発作が収まってからエニッドが語った話は、継父の死に光を当てるものではなかった。彼女によると、デイヴィッドが夕食後に訪れた段階で、マックスはぐっすり寝込み、見たところ落ち着いていたという。エニッドはそのまま階段を下り、二階に耳を済ませつつ玄関でしばらく義兄と話をした。

デイヴィッドがその場を後にした直後、客間で雑誌を読んでいると、勝手口を叩く音と、自分の名前を呼ぶくぐもった声が聞こえた。そちらに行ってドアを開き、ほんの一瞬外に出たものの、そこには誰もいなかった。

エニッドは少し怖くなって室内に戻り、雑誌を手にしてマックスの部屋に向かった――するとベッドのシーツが乱れ、宝石箱がなくなっていた。そして継父は恐ろしい死を迎えていたのである。

彼女の話が本当なら、裏口に現われた誰かに誘われた隙に、共犯者が正面から忍び込んで階段を上り、セーム革のバッグを持ち去ったと思われる。

犯人は誰にも気づかれることなく、同じルートで逃げたのだろうか？　そうは思えない。あるいは部屋の中に潜み、エニッドが悲鳴を上げながら外に飛び出るのを待って、その場を立ち去ったのか？しかし記憶を蘇らせてみると、これも有り得そうになかった。

エニッドの悲鳴が聞こえる直前、デイヴィッドだけでなくジュリーとジャスパーも姿を消している。三人は共謀していたのか？　伯父もなんらかの形で関わっているのか？　振り返ってみれば、伯父も確かにいなかったではないか。エニッドがマックスの遺体を見つけたとき、そこにいたのはデイヴィッドと私だけだった。

　ベッドで寝返りを打ちながら、腕を持ち上げて蛍光塗料を塗った時計の針を見る。二時三十分。夜明けまであと二時間弱だ。

　次の瞬間、私は額に汗を滴らせながらその場に起き直った。しわがれた叫び声が遠くからかすかに聞こえる――血も凍るようなアビの笑い声だ！

　どうにかして自分を虜にする迷信を振り払う。今夜、これ以上の悲劇が起きる可能性はない。ドアにも窓にもしっかり鍵がかかっている。忍び込むのは不可能なはずだ。

　しかし、危険が外でなく中に潜んでいたら？　デンの誰かが殺人犯だったら？

　こっそりと動く音が隣の部屋――クリフトン伯父の部屋――から聞こえたので、思わずそちらを振り向く。しかし音はそれきりだった。全身の筋肉と神経が緊張する。神経は限界まで張りつめていた。すると、囁くような低い声が静寂を破った。

「ケント？」

「はい？」

「起きてるか？」

「ええ」

「そうか」

「どうしたんです？」再び沈黙が訪れたので、私は訊いてみた。

「いや。寝られればそれでいい――どうにも眠れそうになくてな。話はこれで終わりだ」

「どうして？」そう尋ねずにはいられなかった。

「誰かに聞かれている」伯父は謎めいた答えを返した。「さあ、静かに！」

その言葉に今夜はもう眠るまいと決意し、迫り来る眠気に抗って瞼を開く。しかしいつの間にかうとうとしていたらしく、目を開くとボートのエンジン音が聞こえた。

「デイヴィッドが戻ってきたんだな」私はぼんやりそう考えた。

遠くくぐもったエンジン音に耳を澄ませるものの、近づいてくる様子はない。たぶん夢だろう。たぶん夢を見ているんだろう。たぶん……。

私はなかば眠ったまま起き上がった。煙の匂いが鼻腔を刺す。何かが弾ける恐ろしい音が耳に飛び込み、窓を見ると炎に覆われている。私は悪夢のようにしつこく脚にまとわりつくシーツの中でもがいた。

どこからともなく現われた赤い炎が、窓の周囲ではっきりとした形をとる——それは煙と炎の中からこちらを見つめる人の形だった。

私はぼんやりした頭で、これも悪夢の一部だろうと考えた。しかし炎はゆっくり向きを変えると、クリフトン・ブレントウッドの険しい横顔を映し出した。

伯父の横に手探りで進み、恐る恐る手を伸ばしたときも、これは夢に違いないと信じ込んでいた。伯父は私に頷くと、窓のほうに向かった。炎に照らされたその表情は深刻で険しかった。

「こうなってしまったか」苦々しい口調だ。「まったく、私は馬鹿だった！」

「何が——何があったんです？」私は虚ろな声で訊いた。

「何があっただと？」鋭い声で言い返す。「わからんのか？　火を点けられたんだ！」

悪夢が急速に消えていった。ようやく目覚めた私は窓の隙間から頭と肩を突き出し、突き刺すような煙の中で目を瞬かせつつむせ込んだ。それから室内に戻り、伯父の裾を必死で摑んだ。

「ミニーだ！」と、振り絞るように声を上げる。「結局――戻って来たんだ！」

伯父は何も言わなかった。まるでこちらの声など聞こえないかのように。

「はめられたんですよ、クリフ伯父さん！　ドアと窓には鍵がかかっている――火の中に閉じ込められたんだ！」

炎が勢いを増す中、駆ける足音が聞こえた。ドアを開けるとジュリーとエニッドが駆け込んできて、その後にジャスパーが続いた。何かを喚く三人の声が狭い部屋に響き渡る。

伯父は我々の存在を忘れたかのように窓際に立ち、炎に照らされた暗闇を見つめている。すると出し抜けに身体をこわばらせ、片手をゆっくりと隅のほうに走らせた。

そちらに近づくと、眼下の波止場がぼんやりと見えた。

「あそこにいる！」私は叫んだ。

「誰が？」と、私を押しのけながらジャスパーが声を上げる。

「ミニーさ！　戻って来たんだ――」

その人影はこちらに向かっていた。それと同時に巨大な炎が上がり、暗闇を渦の如く照らし出す。やがて、波止場に立つ男の姿が不気味に浮かび上がった。

私は窓枠を摑んで身体を支えると、信じられない思いで喘いだ。

「デイヴィッド！」

それはデイヴィッドであり、デイヴィッドではなかった。人懐こい笑みと天性の陽気さは、仮面を剝ぎ取ったかのように消えている。炎に映るその顔は、満足げにほくそ笑む狂人のそれだった。

伯父がライフルの銃口をデイヴィッドに向ける。光り輝く銃身は彼の心臓に狙いをつけていた。

「動くな！」伯父が叫ぶ。「逃げられんぞ！」

伯父の鋭い声に、デイヴィッドはこちらを見上げてゲラゲラと笑った――狂人《ルーン》そのものの不気味で甲高い笑い声。それは今でも夢に見る。

「燃えてしまえ！　お前ら全員燃えてしまえ！」と、デイヴィッドは喚いた。「他のみんなは俺が殺した――しかしブレントウッド、お前はそれを語ることも、宝石を取り戻すこともできないのさ！　宝石はドーラのところに持っていく！　夜が明けたらまた会いに来てやるぞ――お前らの死体とデンの残骸にな！」

船着き場からボートに飛び下りるデイヴィッドの背中めがけて、伯父はライフルの引金をひいた。エンジン音が轟く。ボートはカブ湾を突っ切り、開けた湖面へと向かっていった。

伯父は射撃訓練のように落ち着き払い、新しい銃弾を込めると再び撃った。しかしデイヴィッドはビクともせず、カブ号の操舵席に立ったまま嘲るようにこちらへ手を振った。鉛の弾にも持ちこたえているその姿は、銀色の銃弾だけがその命を奪える魔法使いを思わせた。

伯父はさらに二発撃ったが、いずれも無駄だった。ボートは今や全速力で湾の出口に突き進んでいる。

伯父が再び引金をひくと、目も眩むような炎が舞い上がった。

カブ号がレイナード・ロックに激突するより早く最後の一発が命中したのか、あるいは激突の衝撃だけで十分だったのかはわからない。それとも狂気の中で、デイヴィッドは故意に岩場へと突っ込んだのか？

眩い炎が煙の幕を貫き、天を衝いた。つんざくような爆発音が夜の静寂を打ち破る。渦巻く闇の切れ間から、カブ号の残骸を包む激しい炎が途切れ途切れに見えたものの、すぐに消えた。そして闇は再び、デンを包む火炎によって照らされるだけとなった。

私は恐怖で震えつつ、伯父のほうを向いた。

「逃げ口はないんですか？」平静を保とうとしたが無駄だった。

「私はそんなに馬鹿じゃないよ、ケント」その口調には罪の意識が残っていた。「私のベッドの下にロープがある――それで外に下りられるだろう。下りたら波止場から梯子を持って来るんだ。さあ、早く！」

＊　＊　＊

「もちろん、あいつの頭は狂っていた」伯父は言った。「つまり心神喪失というやつだな――まさか自分がそうとは思わなかっただろうがね。かわいそうなデイヴィッド！　マックスの奇抜さとドーラの弱さ――この二つがデイヴィッドの中で混ざり合い、致命的な結果をもたらしたのさ。優れた頭脳――優秀過ぎる頭脳と言っていいだろう――がいつしかひび割れ、悪魔のようなエネルギーを発散したんだ。マックスがそれを知らぬまま息を引き取ったのは幸いだった」

夜が明けた後、私たちデンの住人は、燃え落ちるコテージを見て急行したレスキュー船によって、ルーン・ハーバーへと連れられた。そして午後遅くになって、ルーン・ハーバー・ハウス――あの狡猾な殺人犯はリトル・デンにも火を放っていた――に集まったのである。

脱出してからというもの、私たちはありとあらゆる人間――役人、新聞記者、そして野次馬――に取り囲まれた。そして不安に満ちた緊張から解放された今、一同は二階にあるクリフトン伯父の部屋――経営者が用意してくれたスイートの一室――にいた。

寄り集まることで互いの安全を守ろうとする気分はまだ抜けていなかった。エニッド、ジュリー、ジャスパー、クリフトン伯父、そして私はみなその場にいて、部屋の隅にはウッド保安官の長身があった。

「いまだに解明されていない事実がある」と、キャンディーミントを噛みながら伯父が言った。「その一部はこれからも謎のままだろう。だが、ビシュラ・ダイヤモンドを手に入れるためにデイヴィッドが成し遂げたこの犯行――あるいは一連の犯行――は、それがなくても再構築できる。デイヴィッドはもちろん父親の遺言を読み、年金を除いて自分には何も遺されないことを知っていた。それにガヴァナー・エンディコット号が沈没したとき、マックスが宝石を持参していたことも知っていたんだ。

まず思いついたのは、ダイビングのプロを密かに連れてきて、それらを回収することだった。それでモントリオールの母親に連絡を取って手はずを整えてもらい、監督のためにここへ来させたのさ」

ウッド保安官は椅子の中で窮屈そうに身体を動かした。

「そのとおりだ」そう言って伯父の言葉を裏づける。「今朝、彼女を捕まえて尋ねたんだが、喜んで話してくれたよ。殺人は全く知らなかったと言っている――それは本当だろう。事態を知って息子を説得しようとしたが、聞き入れなかったらしい。そのときにはもう自分も後に引けなかった――あまりに深入りしてたからな。こう言って、デイヴィッドは母親を脅した――」

伯父はわかっていると言いたげに頷いた。

「一連の犯行はウォーレンの殺害から始まり、それぞれが連鎖反応的に次の犯行へと繋がっている。ウォーレンが湖の真ん中で殺されたのは、遺言書の内容を記した手紙――自分宛てとアベル宛ての二通――を持っていたからに過ぎない。

私宛ての手紙が最初ボストンに送られていなければ――あるいは予定どおり二人と一緒に休暇へ出かけていれば――デイヴィッドはそれも手に入れようとしただろう。郵便局をあれほど熱心に訪れていたのも、それが理由だったんだ。

どんなに確信していても、法的に立証できない物事は数多くある。しかし、ウォーレンが手紙を受け取ったことははっきりしている――郵便局長が憶えているからな。デイヴィッドがあの日の午後に自動拳銃を買ったのも確かだ――それは今朝突き止めた。そして我々を出迎えた悲劇の舞台を、デイヴィッドがどのように整えたかもわかった。次の日、サーフボードの上で同じスタントを繰り返してくれたからな」

「どうやったと言うんです？」私は思わず声を上げた。「僕にはまだわかりませんよ！」

伯父はエニッドのそばに座る私を横目で見た。

「こういうことさ」と、説明を始める。「デイヴィッドは水着の下に銃を隠し、ヴィクスン号が湖の真ん中に出るのを待った。そこならば、霧のおかげで岸から見られることはない。そして引金をひいたが、おそらく命中しなかった。ウォーレンはきっと警戒したに違いない。振り向くとデイヴィッドめがけて撃ち返した。擦り傷を負ったのはそれが原因だ。そしてデイヴィッドの二発目の銃弾がウォーレンの心臓に命中した。

銃声はもちろんエンジンのバックファイアに掻き消された。それもデイヴィッドの企みの一部だったかもしれない。あいつならやりかねないな。

そしてデイヴィッドの悪魔的な知能——あるいは狂人の精神——が垣間見えるのもこの点だ。そのおかげで、奴はここまで成功に近づくことができたのだから。

ウォーレンが死に、ヴィクスン号は全速力で霧の中を突っ走っている。デイヴィッドはサーブボードの上で身体を起こし、ボートに乗り移る——素晴らしい肉体と類稀なるバランス感覚がそれを可能にしたのさ！

ボートに乗るとウォーレンのポケットから二通の手紙を取り出し、破り捨てた。それから青い縁取りのついたウォーレンのハンカチを使って、腕の傷口を縛り上げる。そして両方の銃を湖に放り投げたというわけさ。そこまで済ませると、デイヴィッドは霧の中ノース・パイクのほうに進路を向け、ロープを辿ってサーフボードに戻ると、ヴィクスン号が岸にぶつかる寸前に飛び下りた。もちろん、ボートが波止場に激突したのは偶然の結果に過ぎない。

あの疲労は本物だった。特にハンカチが取れてからというもの、出血がひどくなった。ついでに言えば、ハンカチはそのまま流され、後で岸に流れ着いたんだ。また腕に弾薬の痕跡がなかった事実は、遠くから撃たれたことを物語っている。あとは感じの良い若者を演じ、誠実に振る舞えばよかった——あれならどんな疑り深い人間でも疑わないだろう」

伯父はそこで言葉を切り、再びキャンディーミントを口に放り込んだ。

「エイブとエミリーの殺害はこれより簡単だった。部屋の窓からロープで下りて——あいつにとっては朝飯前だ——リトル・デンに行ったんだよ。それから、エミリーがジャスパーと会うために開けておいたドアから入り、キッチンのナイフで二人を殺す。そして柄を丹念に拭い、窓を閉めてドアに鍵をかけ、ドアと床の隙間から鍵を忍び込ませた――」

「それが私の聞いた物音だったのね！」エニッドが声を上げた。

「そのとおり」と、伯父が頷く。「もちろん、朝になってドアが壊されたときに、室内に落ちたと思わせるためだ」

「まったく、なんて奴だ」ウッド保安官が呟いた。

「そして、来るときと同じやり方で自分の部屋に戻った」伯父が続ける。「それだけでなく、翌朝ジャスパーが外に出たとき、ベッドの下にロープを隠した。見つけられることを期待してな」

「だけど、パパとママを殺したのはなぜなの？」と、ジュリーが静かに尋ねる。

「正直言ってよくわからない。このころには宝石も不動産も保険金も、全てを相続することが執念になっていたんだろう。もはや〝四匹のキツネたち〟のうち、邪魔になるのはアベルと私だけ。それに、あともう少しで私も相続人リストから消されそうになったことは、みんなも知っているはずだ――最初はフォックス号でジャスパーの気を逸らし、私たちのボートに衝突させようとしたとき、二度目は毒入りのキャンディーミントを私に食べさせたときだ。そしてエニッドは――」

伯父はそこで言葉を切り、もの悲しげな彼女の白い顔を同情するように見つめた。私は腕に力を込めて震える肩を抱いてやった。

「かわいそうなデイヴィッド！」と、エニッドは囁いた。

伯父の表情は真剣そのものだった。

「ああ、かわいそうな奴だった。もし我々がマックスを見つけていなければ、きっと君も血祭りに上げていただろう。これまでの努力が水の泡になったことを知ったとき——マックスがまだ生きていて宝石を持っていることを知ったとき、どんなにショックだったろうな！

デイヴィッドの正気を保っていた最後の一本を断ちきるにはこれで十分だった。彼は完全に狂ったんだよ——そう、狂っていたんだ！　そうでなければ、自分の父親を殺すはずはないだろう。

これまでと同じく、デイヴィッドは一人で取りかかった。あの体力と身軽さがあれば、共犯者など必要ない。エニッドを外におびき寄せておいて、玄関から入って階段を駆け上がったのかもしれない。あるいは木を上って枝を伝い、開いた窓から忍び込んだのかもしれない。ありありと目に見えるようだよ、あいつがマックスの首を締めて死に至らせ、自分のポケットに宝石を詰め込み、エニッドが階下にいる間に再び窓から逃げ出す様子が。そしてビッグ・デンに戻り、ポケットにセーム革のバッグなど入っていないかのようにケントと冷静に話した上で、マックスの死体が発見されるまで自分のアリバイを確固たるものにしていった——」

伯父は犯人の恐るべき狡猾さに感嘆して首を振った。

「犯行はこうして行なわれた。私がデイヴィッドに疑いを抱いたのは、エイブとエミリーが殺された後だ。ところが、あいつはごく自然に振る舞い、私が仕掛けた罠もするりとかわした。だから、そうとは全く信じられなかった。デイヴィッドの犯行を示す証拠を手に入れたときも、すぐに受け入れられなかったのはこういうわけだ」

伯父はそこで一息入れた。皺の寄った顔が陰気に曇っている。私たちは無言でその場に座り、それぞれの思いにふけっていた。

「デイヴィッドは行き当たりばったりで行動していた」伯父が続ける。「我々を焼き殺そうと最初から意図していたとは思えない。興奮してデンに現われたミニー・パーディーから、ヒントを得たんだろう——以前にも彼女を容疑者に仕立て上げようとしていたからな。ガソリンを買ってデンの壁にまくというアイデアは、ミニーが持っていたマッチを見るまで思い浮かばなかったはずだ。しかし他の多くのことと同じく、この推理も間違っているかもしれない。真相は永遠に謎のままさ。

最も悔やまれるのは、昨夜デイヴィッドを一人で出かけさせたことだ。そのときはもう、あいつがマックスを殺して宝石を奪ったことに疑いの余地はなかった。しかし証拠がない——あるのは私の仮説だけだ。一方、ミニーの出現が我々の記憶に新しい中、デイヴィッドは窮地を切り抜けるのに必要なアイデアを得たんだ。それに、あのときあいつを犯人扱いしていれば、気が狂っているのは私のほうだと思われただろうな」

ウッド保安官が鼻をこすりながらゆっくりと頷いた。

「あんたの言うとおりでしょうな、ブレントウッドさん。きっとそうだ」

「だから、私はデイヴィッドを行かせるより他なかった」伯父は続けた。「殺人犯だと知っていながらな。だが、済ませるべきことを済ませないまま、姿を消すとは思えなかった。犯罪を完成させるために戻ってくるはずだと、本能的に感じていたんだ。

案の定、デイヴィッドは戻ってきた——私はそれを待ち構えていた。あらかじめロープを隠し、ライフルを用意してな。しかし、あらゆる手がかりにもかかわらず、私はまだ信じられないでいた。いや、信じたくなかったんだ。私が心を鬼にして、あいつに報いを受けさせようと決意したのは、炎の中をサテュロス（ギリシャ神話に登場する、酒と女が好きな半人半獣の森の精）のように跳ね回るあいつの姿を見たときだ。それでいて、デイヴィッドを死に至らしめたのが自分の撃った銃弾でないことを祈っているんだからな。

探偵ごっこをしたのはこれが最初で——最後にしたいね。とにかく、最初から最後まで失敗ばかりだった。間抜けな上に優柔不断だったな。これが今後の教訓になることを願っているよ」

反論する囁きがいつしか大きな声になった。ウッド保安官が砂色の頭を激しく振りながら、一同の思いを代弁する。

「ブレントウッドさん、それは違う。あんたがいなければ、ここのみんなはコテージで焼け死んでいたはずだ。ミニー・パーディーは電気椅子送りになり、デイヴィッドは大きなダイヤモンドとその他の宝石をまんまと手に入れ、今ごろは母親と一緒にモントリオールでのうのうと暮らしていただろうよ」

しかしクリフトン・ブレントウッドは何も見えず何も聞こえないかのように無言で椅子に座り、濃い眉毛を苦悩でひそめながら、青い瞳を虚空に向けていた。そしてその瞳に浮かんでいるのが、レイナード・ロックに全速力で突っ込んでいくデイヴィッド・プレンダーギャストの恐るべき姿なのは明らかだった。愛すべき不幸なデイヴィッド——発狂した忌まわしきデイヴィッド——。

訳者あとがき

本書はケネス・デュアン・ウィップル著"The Murders of Loon Lake"の全訳である。絵夢恵氏の解説にもあるように、ウィップルが生涯で残した作品は長編三作、その他が八作程度と極端に少なく、そのため本邦ではほぼ無名と言ってよい存在だ。

The Murders at Loon Lake(1933,ALFRED H.KING,INC)

三作しかない長編のうち、"The Killings of Carter Cave"が『鍾乳洞殺人事件』の邦題で、雑誌「探偵小説」一九三二年五月号に掲載されたのも解説のとおりである。今回、編集者時代の横溝正史による翻訳（ただし掲載時は別名義）を読む機会に恵まれたのだが、一読してまず感じたのが本作との類似である。美しく神秘的でありながら、一種の不気味さを感じさせる舞台設定。『鍾乳洞殺人事件』では、それが次のように描写されている。

天井の高さは百呎もありましたらうか、幾百、幾千と知れぬ美しい鐘乳石が、氷柱のやうに一面に懸垂してゐます。しかも大廣間の天井の中央からは、眞珠色をした巨大な天然の装飾燈の總がきら〳〵と垂れ下り、周圍の壁には奇怪な天然の彫像や、唐草模様が燦然として眼も綾な色彩を織りなしてゐます。それはまるで、古代の宮殿をそのまま、さらに幾倍か崇高華麗にしたかのやうな眺めでした。

一方、本作の舞台ルーン・レイクは次のように描写されている。

夏らしい青空の下、水面は青と銀色に光り輝いている。山の斜面に目を転じれば、薄緑の広葉樹林と濃緑のモミの木がエメラルド色の比類なきモザイク模様を作り上げ、湖面と見事なまでのコントラストをなしていた。

編集者時代の横溝正史が川端梧郎名義で翻訳した「鍾乳洞殺人事件」。単行本化の際、作者名はD・K・ウィップルと表記されている（『探偵小説』昭和7年5月号より）

また両作品とも、連続殺人に巻き込まれた人物が探偵役となって事件を解決に導く点で共通している。さらに、「探偵」と語り手の関係が『鍾乳洞殺人事件』と本作とで極めて類似しているのも同じだ。『鍾乳洞～』の探偵役は、有名な地質学者のベヤード・アシ博士。南部セナンドア渓谷（ヴァージニア州シェナンドア渓谷のことか？）で発見されたばかりの鍾乳洞を検分してほしいと、地主の要請に応じて赴いたところから事件に巻き込まれる。語り手のヘゼル・カーチス女史はアシ博士の秘書。その関係は以下の如くだった。

……私は數年来この有名な地質學者の女秘書として働いて来たのでした。然し、博士と私との關係は、單なる學者と女秘書といふよりは、ずつとずつと緊密なものでした。言ってみれば物分りのい丶叔父さまと姪――、まあさう言った間柄だったでせうか。

何しろアシ博士は亡くなった私の父の親友でして、兩親の死後何くれとなく私の面倒を見てくれた挙句、私が學校を卒業すると、すぐに女秘書として雇ってくれてゐるのですから、お互ひに冗談も言ったり時には我儘も出ようといふもの、普通の雇主と女秘書の關係と、少しばかり違つてゐるのに何んの不思議もありません。

一方の本作は、ボストンの大物企業弁護士、クリフトン・ブレントウッドが探偵として事件を解決している。また語り手のケントはハーバード・ロースクールの学生で、ブレントウッドの甥である。この二人の関係も同じように緊密で、文中に次のような描写がある。

私がジョージ・ワシントン大学を卒業する直前、父は飛行機事故で死んだ。しかし伯父の援助のおかげで、ハーバード・ロースクールに進むことができたその年の六月、伯父は私をオフィスに招き、夏休みのあいだ自分の下で働いてはどうかと言った。給料があまりに高額だったので最初は遠慮したけれど、結局押し切られた。働いたのは六週間に過ぎなかったものの、ハーバードで一年かけて学習するより多くのことを吸収したのは間違いなかった。

『鍾乳洞殺人事件』の話を続けると、セナンドア渓谷で発見されたばかりのカーター鍾乳洞で、地主のカーター老人が心臓に鐘乳石を突き立てられて殺害される。ところが、その洞窟には秘密があり、それを巡って何人かの容疑者が浮上する。さらに、片目がつぶれた謎の大男の存在。続いて第二、第三の殺人が起きるのだが、真犯人の正体は意外なものだった……。

『鍾乳洞連続殺人』の翻訳は一九三二年（昭和七年）であり、旧仮名遣いに旧字体ということもあって時代を感じさせる。しかし文章そのものは、先入観があるかもしれないが、やはり横溝正史を思い出させた。

かくも偉大な巨匠に続いてウィップルの作品を訳すのは、そもそもウィップルが寡作家であることも手伝い、なんとも恐れ多いことだけど、光栄に感じることもまた事実である。

二〇一五年十一月

訳者記す

究極の幻探偵小説家、ここに復権

絵夢　恵（幻ミステリ研究家）

1．はじめに

ケネス・デュアン・ウィップルと聞いても、その名をご存知の方はほとんどいないでしょうが、あの「鍾乳洞殺人事件」の作者と言われれば、膝を叩くベテラン・マニアもいらっしゃるのではないでしょうか。黒白書房の「世界探偵傑作叢書」の第五巻として刊行されたこの作品は、翻訳探偵小説の最稀覯本として長くマニアの垂涎の的となっていたわけです。この叢書は、ルーファス・キングの「緯度殺人事件」（近く論創社から刊行予定とのこと）やアンソニー・アボットの「世紀の犯罪」など、あっと驚くラインナップで、戦前の「論創海外ミステリ」とでもいうべきとんでもない企画でした。その中でも、戦後、最も高価となったのが、コニントンの「当りくじ殺人事件」（最近、湘南探偵倶楽部から私家本として版型だけを変えた復刻版が出ました）と、この「鍾乳洞殺人事件」です。

かくいう私も、学生時代からあこがれの書となり、某古書店のガラスケースの中で全巻揃いを目にしただけで、現物にお目にかかることもなく、一生読むことは叶わないものと思っていました。ところが、縁あって、その後、雑誌「探偵小説」一九三二年五月号に掲載されたものを極安で入手し、一読することができました。このイラストがまた興味をそそるもので、この作家への関心がどんどん膨らんだのですが、単行本化された際にD・K・ウィップル作とされていたことから、いくら調べてもこのような作家は存在しないという不可思議な状態が続くことになるのです。この謎が解けるのは、原書の収集を始めて、D・K・ウィップルは表記間違いで、K・D・ウィップル＝ケネス・デュアン・ウィップルが正しいと気付いた時でした。

このように、我が国への紹介自体も、文字どおり幻作家として始まったわけですが、この作家の全貌が明らかになったのは、二〇〇六年に扶桑社が、「昭和ミステリ秘宝」シリーズの一冊として「横溝正史翻訳コレクション　鍾乳洞殺人事件／二輪馬車の秘密」（現在は品切れのようです）を刊行したことによります。そもそも「鍾乳洞殺人事件」を翻訳したのが横溝正史であったというのは意外性があるかもしれませんが、これは偶然というよりは歴史的必然とでもいうべきもので、振り返ってみると、横溝の「八つ墓村」や「不死蝶」、古くは「真珠郎」での洞窟探険シーンは、この「鍾乳洞殺人事件」にインスパイアーされたものであることは明らかです。「鍾乳洞殺人事件」が横溝の眼に触れなければ、我々は「八つ墓村」を読むことができなかったわけですから、皆でウィップルに感謝しなければならないわけです。ウィップルについて知りたければ、この「横溝正史翻訳コレクション」に付された杉江松恋氏による解説が必読の書です。ほとんど経歴が知られず正体も不明なこの作家の書誌が懇切丁寧に取り上げられています。

2．作家としての略歴

ケネス・デュアン・ウィップル（本名Kenneth Duane Whipple）は一八九四年に生まれ、一九七三年に亡くなった米作家で、一九二〇年代から三〇年代半ばまでパルプ系雑誌に短編や連載長編を寄稿したものの、作品数は、ミステリ長編が三作、その他が八作程度に過ぎず、寡作家というべきでしょう（もっとも、この時代のパルプ作家は、複数のペンネームやハウスネームで同じような作品を書きまくることも多く、ウィップルもその一人であった可能性もあるように思います）。ミステリ長編は、以下の三作です。

1 The Murders at Loon Lake（1933）Alfred H.King 社（本書）
2 The Killings of Carter Cave（1934）Alfred H.King 社（鍾乳洞殺人事件）
3 The Fires at Fitch's Folly（1935）Thomas Y.Crowell 社

これらの作品は、いずれもパルプ雑誌に掲載された後に単行本化され、その後、更にダイジェスト専門雑誌に再録されたものと思われます。たとえば、「鍾乳洞殺人事件」についても、前述のとおり、雑誌「探偵小説」に初めて掲載されたのが一九三二年のことですから、横溝は単行本からではなく、掲載雑誌から訳出したものと思われます。なお、前述の杉江氏の解説中には、雑誌発表の作品の一つとして、"The Locked Vault Killing" を挙げ、一九三六年三月に *Five-Novels Monthly* 誌に掲載されたとされていますが、これは、題名からして、"The Killings of Carter Cave" のダイジェスト再録版だと思われます。

ウィップルは、イギリスでは完全に未知の作家であり、本国のアメリカでも完全に忘れ去られ、オンデマンド等での復刻ばやりの今日でも、全く人口に膾炙することはありません。そのような意味では、この時代に長編三作のうち二作が読書可能な日本は、彼にとって最良の国なのでしょうが、本人は、不幸にしてそんなことは予想すらしなかったでしょうね。私は、幸いにして、ウィップルの作品を原書で全て読んでいますが、その特徴は、杉江氏も簡にして要を得た説明をしているとおり、スリリングな連続殺人、特殊な背景を利用した怪奇趣味、単純なプロットとご都合主義的な解決といったところでしょう。軽く読み飛ばすのには最適なB級パルプミステリの快作といった趣でしょうか。

ところで、本作と「鍾乳洞殺人事件」を出版したAlfred H.King社ですが、こちらも謎の多い幻系出版社です。一九二〇年代から三五年にかけて、西部小説等を出したニューヨークの出版社ですが、私の知る限り、ウィップルの二作以外に出したミステリ長編は以下の五作のみです。

1 "Moccasin Murders"(1931) by Kenneth Perkins
2 "Juror No.17"(1931) by C.C.Waddell
3 "Never Summer Mystery"(1932) by Tyline Perry
4 "Murder Flies the Atlantic"(1933) by Stanley Hart Page
5 "House of Creeping Horror"(1934) by George F.Worts

このうち、私は、1と3及び4のStanley Hart Pageの別の作品"Fools Gold"(1933)を読んでいますが、実は、読後感がいずれも非常に似ています。不可能興味の連続殺人、怪奇趣味が横溢しながらも明るい雰囲気、サスペンス感で飛ばしまくるが、最後はなし崩し的なあっさり味でした。

しかも、3のTyline Perryは、もう一作、"The Owner Lies Dead"(1930)をCovici Friede社から刊行していますが、これがなんと炭鉱での火災中に勃発する不可能殺人がテーマですが、この作品は、この種のB級パルプミステリとしては奇跡的な傑作で、鍾乳洞・地下道ミステリ（そんなカテゴリーを勝手に作ってはいけないですかね）のお好きな方は必読です。まさか、これらの作品は、すべて同一人物の作なんて、究極のからくりはないんでしょうね……。

3．本作について（以下の記述では、本作のトリックや結末について明らかにすることは全くありませんので、安心してお読みください。ただし、内容も希薄です）

本作は、ウィップルのミステリ三部作の第一作に当たるわけですが、その中でも、最も本格味が強く、ミステリとしての基本的トリックやプロットがしっかりしている作品です。「鍾乳洞殺人事件」を始め、特殊な状況下での背景事情を巧みに描きながら、テンポよく事件を連発し、サスペンス溢れる展開で読者の興味を継続させるのが、ウィップルの得意とする手法ですが、本作は、単なる読み飛ばし用の娯楽小説に止まらず、ミステリとしての最低限の構造をしっかり保っています。フェアな手掛かりに基づく理路整然とした論理を楽しむというわけにはいきませんが、それでも工夫のこらされた不可能犯罪トリックと意外な犯人がきちんとその役割を果たしており、大きな破綻がありません。

物語は、叙述者の回想調で進み、いわゆるHIBK派（Had I But Known。M・R・ラインハートやミニヨン・G・エバーハートが得意とした、「もし私が知っていたら……、こんなことにはならなかったのに」というトーンで話が進むもの）の香りがプンプン漂うものですが、本作は、これに止まらず、斬新なトリックや怪奇の味付けがしっかり存在しています。ニューイングランドの避暑地ルーン・レイクに毎年集まる「四匹のキツネたち」と称される四人の学友がターゲットになるわけですが、話が始まる前に既に一人爆死していますし、探偵役の一名以外の残り二名も次々と殺害されます。湖上での射殺事件は、ほぼ前例がない（後例もない？）トリックが使われていますし、夫婦そろっての二重刺殺事件も密室殺人となります。さらに、湖の底に横たわる怪物の正体も実によくできています。

容疑者はめまぐるしく入れ替わりますが、この種のものを読み慣れている方なら、冒頭からこの人が犯人だろうと予想を立てるでしょう。しかし、本作の凄味は、そんなことでは終わりませんので、最後まで楽しみにしてページをめくってください。

人物造形がなっていないとか、名探偵の推理が乏しいとか、難を挙げる方もいらっしゃるでしょう。確かにそのとおりです。でも、そのようなお話を読みたい方は、まさかウィップルを手に取ったりはしませんよね。細かいことは気にせずに、古き良き昔のミステリのセンス・オブ・ワンダーを楽しみたい方にとっては、期待を裏切られないものと信じます。

〔訳者〕
熊木信太郎（くまき・しんたろう）
北海道大学経済学部卒業。都市銀行、出版社勤務を経て、現在は翻訳者。出版業にも従事している。

ルーン・レイクの惨劇《さんげき》
——論創海外ミステリ 162

2015年12月20日　初版第1刷印刷
2015年12月30日　初版第1刷発行

著　者　ケネス・デュアン・ウィップル
訳　者　熊木信太郎
装　画　佐久間真人
装　丁　宗利淳一
発行所　論 創 社
〒101-0051 東京都千代田区神田神保町 2-23 北井ビル
電話 03-3264-5254　振替口座 00160-1-155266

印刷・製本　中央精版印刷
組版　フレックスアート

ISBN978-4-8460-1477-3